XAVIER DE MONTÉPIN

Simone & Marie

III

L'ŒIL DE CHAT

PARIS. — E. DENTU, ÉDITEUR, PALAIS-ROYAL

SIMONE & MARIE

III

L'ŒIL DE CHAT

LIBRAIRIE DE E. DENTU, ÉDITEUR

OUVRAGES DU MÊME AUTEUR
Collection grand in-18 jésus à 3 francs le volume

LE MARI DE MARGUERITE, 13e édition. . . . . 3 vo.
LES TRAGÉDIES DE PARIS, 7e édition. . . . . 4 —
LA VICOMTESSE GERMAINE, 7e édition . . . . 3 —
LE BIGAME, 6e édition. . . . . 2 —
LA MAITRESSE DU MARI, 5e édition. . . . . . . 1 —
LE SECRET DE LA COMTESSE 5e édition. . . . . . 2 —
LA SORCIÈRE ROUGE, 4e édition. . . . . 3 —
LE VENTRILOQUE, 4e édition. . . . . 3 —
UNE PASSION, 4e édition. . . . . 1 —
LA BATARDE, 3e édition. . . . . 2 —
LA DÉBUTANTE, 3e édition . . . . 1 —
DEUX AMIES DE SAINT-DENIS, 4e édition. . . 1 —
SA MAJESTÉ L'ARGENT, 5e édition. . . . . . . 5 —
LES MARIS DE VALENTINE, 3e édition. . . . . 2 —
LA VEUVE DU CAISSIER, 3e édition . . . . . 2 —
LA MARQUISE CASTELLA, 3e édition. . . . . . 2 —
UNE DAME DE PIQUE, 3e édition. . . . . . . 2 —
LE MÉDECIN DES FOLLES, 4e édition. . . . . 5 —
LE CHALET DES LILAS, 3e édition. . . . . . 2 —
LE PARC AUX BICHES, 3e édition. . . . . . 2 —
LES FILLES DE BRONZE, 3e édition . . . . . 5 —
LE FIACRE No 13, 4e édition. . . . . . . 4 —
JEAN-JEUDI, 3e édition. . . . . 2 —
LA BALADINE, 3e édition. . . . . 2 —
LES AMOURS D'OLIVIER, 3e édition . . . . 2 —
SON ALTESSE L'AMOUR, 3e édition . . . . 6 —
LA MAITRESSE MASQUÉE, 3e édition. . . . 2 —
LA FILLE DE MARGUERITE, 3e édition . . . 6 —
MADAME DE TRÈVES, 3e édition . . . . . 2 —
LES PANTINS DE MADAME LE DIABLE, 3e édition. . . 2 —
LA MAISON DES MYSTÈRES, 3e édition. . . . . 2 —
UN DRAME A LA SALPÊTRIÈRE. . . . . 2 —
SIMONE ET MARIE. . . . . 2 —
L'ŒIL DE CHAT, 3e édition.

SOUS PRESSE:

LE DERNIER DUC D'HALLALI.
LES FILLES DU SALTIMBANQUE.

F. Aureau. — Imprimerie de Lagny

XAVIER DE MONTÉPIN

SIMONE & MARIE

III

L'OEIL DE CHAT

PARIS

E. DENTU, ÉDITEUR

LIBRAIRE DE LA SOCIÉTÉ DES GENS DE LETTRES

PALAIS-ROYAL, 15-17-19, GALERIE D'ORLÉANS

—

1883

SIMONE & MARIE

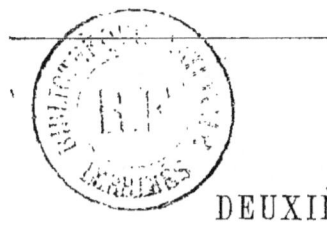

DEUXIÈME PARTIE

L'ŒIL DE CHAT

I

Les portes de la Morgue allaient se fermer. —
Les visiteurs attardés sortaient.

La nuit était presque venue. — On alluma le gaz.

Le garçon d'amphithéâtre alla chercher des bougies chez le gardien-chef et madame Rosier put
examiner les deux cadavres.

Celui de l'homme attira tout d'abord son attention.

Elle examina longuement la blessure, et quoique le temps écoulé en eût modifié l'aspect, elle se rendit compte d'une façon très exacte de la forme primitive de cette blessure.

— Le procès-verbal ne m'avait pas trompée... — dit-elle... — on s'est bien servi d'une arme à lame triangulaire, or les armes de cette nature sont rares et coûtent assez cher... — Les assassins de profession ne s'en servent jamais... — A coup sûr celle-là était la propriété d'un *amateur*... — Pour arriver à cet amateur l'essentiel, quant à présent, est de savoir quel était l'homme dont voilà le corps...

Aimée Joubert prit une des mains du cadavre, — la droite.

Elle en étudia la forme.

Elle palpa minutieusement la paume à la naissance des doigts.

— Aucune callosité... — murmura-t-elle ensuite, — l'homme ne se livrait point à une besogne manuelle, mais il est d'origine plébéienne, la forme des doigts l'atteste, et s'il ne travaillait plus il a travaillé jadis, cette cicatrice à la main droite me le prouve.

Madame Rosier prit la main gauche et la soumit

à un examen pareil à celui dont la main droite venait d'être l'objet.

Presque aussitôt elle poussa une exclamation.

— Qu'y a-t-il ? — demanda M. de Gibray.

— Un indice sérieux...

— Lequel ?

— Ce tatouage sur le bras... — Il est certain que,
grâce à ces empreintes si personnelles, cet homme
est facilement reconnaissable...

— On ne l'a pas encore reconnu, cependant...

— Nous l'ignorons... —'D'ailleurs ce qui n'a pas
été fait se fera certainement.

Aimée Joubert palpa la partie inférieure des
jambes du mort, immédiatement au dessus des
chevilles.

Elle ne découvrit rien et revint au tatouage.

— Ce malheureux, — dit-elle, — a été soldat ou
détenu... — La caserne et les prisons, voilà les
seuls endroits où l'on s'amuse à se travailler ainsi
la peau... — La date qui se trouve dans ce car-
touche est le millésime de l'année où l'homme s'est
fait tatouer... — On a photographié les cadavres,
je suppose ?...

— Oui... — répondit le chef de la sûreté.

— Il faudra me remettre quelques-unes des
épreuves les mieux venues de ces photographies...
— Maintenant, — ajouta la policière en s'approchant de l'autre corps, — passons à la seconde victime.

Après un examen rapide elle reprit :

— Cette femme est étrangère, la coupe du visage
le prouve de façon surabondante... — Elle doit
être Anglaise, la chevelure rousse, la forme de la
mâchoire, la longueur des dents, l'ampleur exagé-
rée des pieds me l'attestent... — Pas plus que
l'homme elle n'appartenait aux classes élevées...
ses mains sont celles d'une travailleuse... d'une
servante sans doute...

La policière, en disant ce qui précède, parlait
nettement, rapidement, sans hésiter...

On la sentait convaincue, et sa conviction s'imposait à ses trois auditeurs.

Elle poursuivit :

— J'affirmerais volontiers que cette Anglaise
était en service à Paris... — On a vu l'homme à
Calais, donc, selon toute vraisemblance, il arrivait
d'Angleterre et il apportait à Paris des papiers de
haute importance qu'il devait...

Elle n'acheva point sa phrase et s'absorba dans

de profondes réflexions qui durèrent quelques secondes.

Au bout de ce temps elle murmura, comme se parlant à elle-même :

— Il existait un autre intermédiaire, ce n'est pas douteux, et je vois bien des chances pour que cet intermédiaire soit l'assassin... — il a dû prendre les papiers déposés dans le tabernacle du tombeau Kourawieff, là où M. le juge d'instruction a relevé des traces de doigts sur la poussière intérieure, et ces papiers indiquaient l'heure de l'arrivée à la gare du Nord du voyageur venant d'Angleterre... oui... oui... ce doit être cela... — Je suis encore dans les ténèbres, mais la lumière se fera peu à peu, je le sens, et je deviendrai lucide...

— Ah ! nous n'en doutons point, — répondit M. de Gibray, — car vous reconstituez tout un drame qui doit se rapprocher beaucoup de la vérité, s'il n'est la vérité elle-même...

Nos lecteurs savent déjà que le juge d'instruction ne se trompait point.

Aimée Joubert justifiait son sobriquet de l'*OEil-de-Chat*.

Elle voyait clair dans l'obscurité.

— Vous croyez alors que le troisième intermé-

diaire serait l'assassin?... — demanda le chef de la
sûreté.

— Oui.

— Ce jeune homme devait être étranger...

— Pourquoi supposez-vous cela ? — fit vivement
la policière.

— Tous les témoins affirment qu'il avait un
accent prononcé... l'accent des races du Nord...

Madame Rosier haussa les épaules et répliqua :

— Parlons-en des témoins ! ! — Ils affirmaient
aussi que le jeune homme était blond !! — Ils ont
été bernés pour l'accent comme pour la couleur de
la chevelure... — L'assassin calculait tout... — Sa
seule maladresse jusqu'à présent est d'avoir frappé
ses deux victimes avec la même arme. — Je ne sais
s'il est tout jeune, mais je le supposerais dans la
force de l'âge... — Pour raisonner ainsi le crime à
vingt-cinq ans, il faudrait être un de ces monstres,
effroi du monde, qui sont grâce au ciel d'épouvan-
tables exceptions...

Ayant ainsi parlé, Aimée Joubert s'occupa des
deux plaies, béantes et tuméfiées, visibles sur le
corps de la femme.

— Ah ! les coups ont été vigoureusement portés !
— dit-elle. — Si le premier n'a pas été mortel,

c'est que la malheureuse, par un mouvement tout instinctif, s'est jetée de côté en levant les bras, ce qui a fait dévier la lame du poignard... — Le second coup est allé droit au cœur... — C'est bien la même arme qui a tué les deux victimes; le double meurtre a certainement une cause unique... — Ou je me trompe fort, ou nous sommes en face d'un acte préparé de longue main... — A quoi tendait cet acte?... quel but poursuivait le meurtrier? — Je ne le sais pas encore... — Ah! si seulement je possédais un indice... — Si l'on avait trouvé sur l'un ou sur l'autre des morts un papier... une ligne... un mot... — Mais on n'a rien trouvé, n'est-ce pas?

— Rien... — répondit Paul de Gibray.

Le greffier de la Morgue intervint.

— Monsieur le juge d'instruction, — fit-il, — je vous ai remis un papier découpé, plié en huit, enfermé dans une petite enveloppe et que nous avions tiré de la poche de lorgnon de l'homme... — N'en avez-vous point parlé à madame?

— Il n'y a rien d'écrit sur ce papier, donc son importance est nulle... — répliqua le magistrat.

Aimée Joubert avait dressé l'oreille.

— Qui sait? — s'écria-t-elle. — Les choses, pas

plus que les gens, ne doivent être jugées sur l'apparence... — Tel objet semble insignifiant qui ne l'est point du tout... — Avez-vous le papier dont monsieur le greffier vient de parler?

— Oui.

— Sur vous?

— Non, au Palais, dans mon cabinet...

— Nous n'avons plus affaire ici, quant à présent; je vais retourner au Palais avec vous et je vous prierai de vouloir bien me remettre la feuille dont il s'agit... j'ai hâte de l'examiner...

— Je suis tout à votre disposition, — répondit Paul de Gibray.

— Serai-je autorisé, demain, à faire inhumer les deux cadavres? — demanda le greffier.

Le juge d'instruction interrogea du regard Aimée Joubert.

— Il n'y faut point songer... — fit-elle. — J'en ai encore besoin.

— Le corps de la femme ne pourra rester exposé aussi longtemps que celui de l'homme... — reprit le greffier... — Malgré les précautions prises, je crains la décomposition complète...

— Eh bien, faites inhumer la femme... Je vous l'abandonne... — Quant au cadavre masculin, c'est différent... — il faut qu'il reste ici pendant au moins quatre ou cinq jours...

— Il y restera...

— D'ici à cinq jours, ou je serai bien mal servie, ou cet homme sera reconnu...

— Que comptez-vous faire?

— Vous le saurez bientôt...

Nos quatre personnages quittèrent la Morgue et remontèrent en voiture pour retourner au palais de justice.

Madame Rosier, tout entière à ses réflexions, ne pensait plus à Maurice et il était déjà cinq heures.

La policière, qui pendant dix-huit années avait tenu dans ses mains le fil de cent affaires dont quelques-unes étaient de haute importance, retrouvait toute son ardeur d'autrefois.

Procédant du connu à l'inconnu, elle combinait, elle calculait, elle cherchait, elle mettait son cerveau à la torture.

Son esprit ne s'était point rouillé dans l'inaction.

Il était aussi vivace, aussi lucide, aussi ingénieux qu'autrefois, et la ci-devant policière semblait n'avoir jamais quitté son emploi, tant elle se retrouvait bien, du premier coup, tout entière...

1.

Cependant un pli profond se creusait entre ses sourcils.

— Quelque chose vous préoccupe? — lui demanda Paul de Gibray..

— Oui, et beaucoup... — répondit-elle.

— Que cherchez-vous?

— Je cherche quels liens rattachent au comte Yvan Kourawieff l'affaire que nous suivons en ce moment...

— Croyez-vous donc que ces liens existent?

— Cela ne me paraît pas douteux... — S'il n'en était point ainsi, comment se ferait-il que le tombeau Kourawieff ait été choisi pour servir de lieu de dépôt à certaines correspondances mystérieuses?

II

— Selon vous, — demanda vivement Paul de
Gibray, — selon vous, le comte Yvan serait donc
mêlé à tout ceci ?...

— Il y est mêlé, mais à son insu, j'en ai la conviction... — répondit Aimée Joubert. — Pourquoi
sans cela le choix de cette tombe ?... — Comment
s'en était-on procuré la clef ?...

— Mon Dieu, — dit le chef de la sûreté, — il
me paraît admissible que des gens à la recherche
d'un lieu de dépôt aient pris au hasard ce monument funèbre...

— D'autant plus qu'aucun corps n'y reposant, il
ne devait recevoir aucune visite... — ajouta le commissaire aux délégations.

— Je vous arrête là, cher monsieur... — répliqua la policière avec un accent de triomphe. — Vos paroles mêmes me donnent raison. — Oui, le tombeau est vide, oui, le corps de la comtesse Kourawieff a été exhumé il y a vingt-trois ans et conduit en Russie, mais la cérémonie a été faite sans apparat, mystérieusement en quelque sorte, afin de ne point éveiller l'attention publique... — Les journaux de l'époque n'en disent pas un mot... — Qui donc pouvait connaître ces détails ?...

— C'est vrai, le comte Yvan seul... — murmura le commissaire.

— Encore une fois, la personnalité du comte Yvan ne doit en rien être mêlée au crime ! — interrompit Aimée Joubert avec une sorte d'impatience. — Ce jeune Russe est innocent, absolument innocent, et tout s'est fait à son insu... — Il existe un autre homme, un misérable, qui savait bien que la tombe était vide, car de près ou de loin il devait s'enquérir des moindres incidents relatifs à la comtesse assassinée... — Cet homme, ce misérable, qu'un infaillible instinct me désigne, se faisait appeler Franck Muller à Berlin, et poussait l'impudente audace jusqu'à s'inscrire sous son nom véritable en Suisse, à l'*Hôtel du Mont-Blanc*.

— Lartigues !... — s'écrièrent à la fois les trois magistrats.

— Je n'en ai point la preuve, mais j'en jurerais ; — quand une idée se présente à mon esprit si nette, si persistante, il est bien rare qu'elle soit menteuse !... ici les probabilités me paraissent constituer des certitudes. — Mes recherches d'autrefois m'ont prouvé que Pierre Lartigues appartenait à une association ténébreuse ayant pour but d'exploiter la société sur une grand échelle. — Qui vous dit qu'aujourd'hui nous ne nous trouvons point en présence de cette bande dont Lartigues doit être un des membres principaux, s'il n'en est le chef, car il est fécond en ressources, fertile en expédients... — Il a certainement désigné le tombeau Kourawieff comme lieu de dépôt des correspondances de ses associés, et nul autre endroit ne pouvait être plus sûr, sous tous les rapports, car il est difficile, ou plutôt impossible, de tenir pour suspects soit un homme, soit une femme qui, vêtus de grand deuil, la figure attristée, une couronne d'immortelles à la main, entrent dans un cimetière et franchissent le seuil d'un tombeau de famille..

» Qui donc, à moins d'être prévenu, verrait matière à suspicion dans un acte si simple et si pieux ?...

Tout ce que venait de dire Aimée Joubert était d'une logique à tel point inattaquable que ni M de Gibray, ni ses compagnons, ne trouvèrent d'objection à formuler.

Les idées de la policière s'imposaient à eux.

La conviction qu'elle éprouvait s'emparait de leur esprit.

Une seule chose leur paraissait stupéfiante, c'était la merveilleuse perspicacité, l'instinct quasi divinatoire de cette femme qui, depuis deux heures à peine, mise au courant d'une affaire inextricable, commençait déjà à porter la lumière où ils n'avaient vu, eux, que ténèbres.

Nos lecteurs savent combien les conjectures d'Aimée Joubert se rapprochaient de la vérité, ils comprendront cet étonnement. Après un moment de silence et de réflexion, la policière reprit :

— Tout confirme mes suppositions... — Lartigues voyage à l'étranger, il a été vu dans différents pays... c'est à coup sûr afin de communiquer avec ses associés... — Il vient ensuite à Bruxelles, se rapprochant de Paris où il arrive enfin pour commettre ou pour commander un nouveau crime.

Aimée Joubert ajouta d'un ton farouche :

— Ah ! ce serait à croire que Dieu prend ma cause en main et prépare ma vengeance !... — La prescription qui protège le misérable pour ses crimes d'autrefois, pour l'assassinat de la comtesse Kourawieff, n'existerait plus alors, et je pourrais demander et obtenir justice ! !...

Les voitures s'arrêtèrent.

On était arrivé au Palais.

La demie après cinq heures sonnait.

Madame Rosier, en voyant l'heure au cadran de l'horloge, se rappela brusquement que Maurice avait promis de venir dîner avec elle à six heures précises.

— Je suis extrêmement pressée... — dit-elle à M. de Gibray. — On doit m'attendre chez moi à six heures... Hâtons-nous, je vous prie...

— Nous n'en avons que pour quelques minutes.

On monta rapidement au cabinet que nous connaissons déjà, et le juge d'instruction chercha la feuille de papier découpée et pliée qu'il regardait comme une chose insignifiante.

Il la trouva sans peine et la présenta à Aimée Joubert.

Celle-ci la déplia et poussa une exclamation de joyeuse surprise.

— Qu'y a-t-il donc? — demanda Paul de Gibray.

— Vous disiez ce papier sans importance !

— En a-t-il une que j'ignore ?

— S'il en a une !... Ah ! je le crois bien !... C'est peut-être la lumière au milieu des ténèbres !... le fil d'Ariane à l'entrée du Labyrinthe...

— Que voyez-vous donc dans ce papier ?

— Je suis surprise que vous ne l'ayez pas deviné ! ! — Comment n'avez-vous point reconnu à ces découpures un des moyens mis en usage pour les correspondances diplomatiques dans les ambassades ? — Comment n'avez-vous pas vu du premier coup d'œil que vous aviez dans la main une grille ?

— Une grille? — répéta Paul de Gibray. — Est-ce bien sûr?

— Absolument sûr, et demain je vous en donnerai la preuve en m'en servant moi-même... — La présence de cette grille trouvée sur l'homme assassiné me confirme de plus en plus dans mon idée première... — Oui, nous sommes en face d'une association de malfaiteurs, et l'un des associés a tout bonnement assassiné deux de ses complices.

— Je supposais, il y a un instant, que Lartigues faisait partie d cette bande. — Maintenant je l'affirme... — Il y a vingt-cinq ans j'ai vu dans son portefeuille un papier semblable à celui-ci, et, comme vous aujourd'hui, j'ai cru à cette époque qu'il était sans importance... L'expérience m'a révélé, depuis lors, que je me trompais... — Lartigues est venu dernièrement à Paris... — S'il n'y est plus il y reviendra, car il se croit, il doit se croire, à l'abri de tout danger.

» Personne ne le connaît, — se dit-il, — personne ne le menace...

» Le misérable compte sans moi ! ! — Je suis debout encore et j'ai repris mes armes ! ! — C'est Dieu qui vous a inspiré la pensée de réclamer mon aide ! ! — Qu'il soit béni ! !

» Monsieur de Gibray, je vous demande la permission d'emporter ce papier... — Il me faut l'étudier à tête reposée...

— Emportez-le, madame...

— Demain j'aurai besoin de visiter le tombeau Kourawieff au Père-Lachaise.

— Je vous y accompagnerai.

— Je tiens à examiner aussi l'intérieur de la voiture où on a trouvé l'homme...

— Cette voiture est dans la cour du Dépôt.

— A merveille... — Quels sont les agents qui ont suivi l'affaire jusqu'à cette heure ?

— Jodelet et Martel... — répondit le chef de la sûreté.

— Veuillez leur donner l'ordre, ainsi qu'à une demi-douzaine d'hommes de la brigade, de relever ce soir sur les livres de police de tous les hôtels de Paris le nom des voyageurs qui sont partis dans la journée du 21... — C'est très essentiel...

— Ce sera fait.

— Demain matin, à dix heures, j'attendrai Jodelet et Martel dans la maison de la rue Meslay dont je vous demande la clef.

— En descendant je vous la remettrai... — dit le commissaire aux délégations.

Aimée Joubert poursuivit :

— Là je leur donnerai mes instructions... — Je reviendrai ensuite ici vous prier de vouloir bien venir avec moi au Père-Lachaise.

— Je serai prêt... — dit M. de Gibray.

— Pouvez-vous me confier les photographies que je vous ai demandées ?

— Les voici... — Choisissez les meilleurs épreuves.

La policière choisit en effet et quitta le cabinet du juge d'instruction avec le chef de la sûreté et le commissaire.

Celui-ci lui remit la clef de l'appartement de la rue Meslay et fit prévenir Jodelet et Martel qu'il les attendait.

Madame Rosier monta en voiture en sortant du Palais, et dit au cocher :

— Rue de la Victoire... — Cent sous la course... — Brûlez le pavé !...

Une fois seule dans son fiacre, l'ex-policière se mit à réfléchir sérieusement à la position qu'elle venait d'accepter.

Pendant quelques minutes elle ne songea plus au crime qui préoccupait tout Paris ; — elle ne pensa plus qu'à Maurice.

— Je n'ai pas eu le courage de refuser, — se disait-elle, — parce que la haine reste vivace au fond de mon cœur, parce que je veux me venger de l'infâme que je croyais un honnête homme, à qui je me suis donnée, pleine de confiance et d'amour, et qui n'était que le plus vil des bandits, le plus lâche des assassins ! ! !

» La haine et la soif de vengeance me poussaient

en avant... — J'ai dit : — *oui!*... Mais n'aurais-je
pas mieux fait de répondre : — *non!*

» Si Maurice apprenait un jour par hasard que
j'appartiens à la police, que je fais partie de la brigade de sûreté, que je suis un *numéro* parmi les
agents, me conserverait-il sa tendresse? me garde-
rait-il son estime? ne subirait-il pas en aveugle
l'absurde préjugé qui fait du policier quelque chose
de louche et d'abject?

» Non... non... c'est impossible!... — Je saurais
bien lui ouvrir les yeux. — L'enfant pardonnerait à
sa mère et ne cesserait jamais de l'aimer! — J'aurai
soin d'ailleurs d'agir de façon à ce qu'il ne découvre
rien... Mes habitudes ne lui sembleront point mo-
difiées et sous *Madame Rosier*, la petite bourgeoise
calme et méthodique, je le défierai bien de découvrir la policière énergique, active, infatigable,
qu'on surnommait autrefois *l'OEil-de-Chat* et qui va
mériter encore ce surnom !

III

A peu près rassurée par les réflexions que nous
venons de reproduire Aimée Joubert, dont l'imagination passait vivement d'un sujet à un autre,
poursuivit :

— Il est impossible que je m'abuse... — Oui,
Lartigues est bien la cheville ouvrière de ce lugubre drame... — Oui, j'ai bien fait de reprendre
mon rôle, car au comte Yvan, à ce fils dont on a
tué la mère et qui n'a pas maudit en moi la maîtresse de l'assassin, je dois une reconnaissance
éternelle... — Je la lui payerai en travaillant à sa
vengeance... — Je lui livrerai l'homme puissant, le
gentilhomme infâme, dont Lartigues ne fut que
l'instrument payé !...

La voiture fit halte.

On était arrivé rue de la Victoire.

Aimée Joubert descendit, paya le cocher et le renvoya.

Quoique le cheval eût marché bon train, il était six heures un quart.

Depuis à peu près vingt minutes Maurice attendait dans le salon, assis au coin d'un bon feu.

Il quitta son siège pour aller au-devant de madame Rosier qu'il embrassa sur les deux joues, et il s'écria gaiement :

— Vous ne me gronderez pas aujourd'hui, bonne amie... — C'est vous qui êtes en retard...

— Une fois n'est pas coutume... — répondit la policière du même ton.

Puis elle prit dans ses mains la tête brune de Maurice et lui posa longuement ses lèvres sur le front.

Pauvre femme! pauvre mère! L'homme qu'elle embrassait avec une tendresse immense était l'assassin qu'elle avait mission de chercher pour l'envoyer à l'échafaud, et cet assassin était son fils...

Rien ne se soulevait en elle cependant... — Aucune instinct ne l'avertissait...

— J'ai été retenue plus longtemps que je ne le

croyais... — reprit-elle en se débarrassant de son chapeau et de son pardessus. — Je voyais passer l'heure et je me faisais beaucoup de mauvais sang. — Pardonne-moi...

— Vous n'avez nul besoin de pardon, bonne amie, et c'est moi qui, neuf fois sur dix, dois réclamer votre indulgence...

La domestique entr'ouvrit la porte du salon.

— Madame est servie... — dit-elle.

— Eh bien ! allons-nous mettre à table...

Aimée Joubert prit le bras de son fils qui la regardait en souriant, et le conduisit à la salle à manger où le petit dîner fin les attendait.

Le repas fut exquis et très animé, mais ne se prolongea point outre mesure.

A neuf heures, Maurice prit congé de celle qu'il appelait *bonne amie.*

— Tu te souviens de ta promesse ? — lui demanda-t-elle en le reconduisant jusqu'à la porte de l'antichambre.

— Quelle promesse ?

— Celle de m'écrire si ton absence devait se prolonger plus de trois jours...

— Je n'aurais garde de l'oublier...

— J'y compte, et tu me ferais bien de la peine en me manquant de parole...

Maurice embrassa de nouveau madame Rosier et se rendit à son appartement de la rue de Navarin, où il croyait trouver des nouvelles d'Octavie.

La belle petite n'était pas venue et n'avait point écrit.

Absorbée tout entière par la conquête du jeune Russe archi-millionnaire, elle oubliait momentanément son ami de cœur et ne songeait pas plus à lui qu'aux lunes de l'année précédente.

Bien loin d'éprouver de cet oubli une irritation jalouse, Maurice se frotta les mains.

Il se sentait plus libre, et la pensée que sa maîtresse se détachait de lui lui causait une joie véritable.

Avant de se coucher, il apprêta sa valise pour le lendemain.

Il rassembla les notes qui devaient lui servir à Vic-sur-Braisnes, et les serra dans son portefeuille ainsi que la *grille* dont il comptait faire usage pour écrire au capitaine Van Broecke, s'il y avait lieu. — Il glissa le portefeuille lui-même dans son sac à main, se mit au lit et s'endormit aussitôt.

Nous le laisserons dormir.

*
* *

Immédiatement après le départ de Maurice, madame Rosier attacha son chapeau sur sa tête, jeta son manteau sur ses épaules et sonna.

La servante accourut.

— Madeleine, — lui dit la policière, — je suis obligée de sortir...

— Bien, madame...

— Je resterai probablement assez tard dehors... Je ne puis même assigner une heure quelconque à mon retour... donc ne m'attendez pas et couchez-vous... — J'emporte ma clef.

— Bien, madame...

Madeleine était une fille simple et dévouée, au service de madame Rosier depuis quinze ans.

Jamais elle ne s'était occupée de ce que faisait sa maîtresse.

Jamais une des actions de *Madame* n'avait été pour elle matière à commentaires ou à suppositions.

Elle ne s'étonnait de rien, trouvait toutes choses absolument naturelles, et à un ordre, quel qu'il fût, se contentait de répondre laconiquement et

III.   2

respectueusement, ainsi qu'à deux reprises nous venons de l'entendre :

— Bien, madame...

Aimée Joubert, à vingt pas de sa maison, arrêta une voiture qui passait à vide et se fit conduire au boulevard Saint-Martin, en face du n° 64.

Là, elle congédia son cocher et gravit l'escalier, qui du boulevard conduit à la maison indiquée.

L'heure étant peu avancée, la porte de cette maison n'était point close.

La policière entra, traversa une petite cour recouverte par un vitrage et s'engagea, au fond de cette cour, dans un escalier qui bifurquant au premier étage conduisait à deux corps de bâtiment différents, donnant l'un et l'autre sur la rue Meslay.

Arrivée au troisième étage, où le gaz ne brillait que par son absence, Aimée Joubert alluma une petite bougie de poche afin de s'éclairer dans un long couloir sur lequel donnaient plusieurs portes.

Au milieu du couloir, elle s'arrêta devant une de ces portes, introduisit une clef dans la serrure, ouvrit, franchit le seuil et referma la porte à double tour derrière elle.

A coup sûr elle connaissait de longue date l'appartement où elle venait de pénétrer, car sans hésiter elle alla droit à une pièce servant de cuisine ; toutes choses s'y trouvaient brillantes et en bon ordre comme si elles étaient entretenues chaque jour par une active ménagère.

Sur la cheminée on voyait une lampe.

Aimée Joubert l'alluma et passa dans un petit salon où le feu était tout prêt.

Il suffisait pour le faire flamber d'une allumette jetée sur les copeaux résineux.

La policière plaça cette allumette et continua sa visite par une chambre à coucher fort bien tenue.

Le lit était fait avec soin.

Les draps d'une éclatante blancheur se détachaient sur un couvre-pied sombre recouvert d'un édredon.

L'ameublement simple, mais confortable, offrait une propreté toute flamande.

De la chambre à coucher madame Rosier passa dans une autre pièce autour de laquelle régnaient de grandes armoires fermées par des panneaux à coulisses.

Elle fit jouer ces panneaux.

Les armoires offraient un assortiment complet de robes et de costumes féminins appartenant à toutes les classes de la société, depuis la toilette sompteuse de la femme riche et élégante, jusqu'aux haillons de la mendiante, en passant par le casaquin des dames de la halle et la robe de bure de la religieuse.

C'était la répétition de ce que nous avons montré à nos lecteurs, boulevard du Temple, dans l'appartement du faux abbé Méryss.

Seulement, rue Meslay, la garde-robe, au lieu d'être à usage d'homme, était à usage de femme.

— Allons, — se dit madame Rosier, — tout est entretenu aussi bien qu'autrefois... — Rien n'a dégénéré.

Elle referma les armoires, retourna dans le salon qu'éclairaient les lueurs du feu, s'approcha d'un bureau où se voyaient des papiers de tous les formats, des enveloppes de toutes les grandeurs, un encrier, des plumes, de la cire à cacheter de diverses couleurs, etc., etc.

Elle posa sa lampe sur ce bureau, s'assit dans un commode fauteuil garni de basane verte et tira de sa poche l'agenda qui lui venait du juge d'instruction.

Cet agenda, outre les notes prises en lisant les procès-verbaux et les interrogatoires, contenait aussi la *grille* trouvée sur l'homme aux tatouages.

— Demain, — se dit Aimée Joubert, — j'irai compulser de nouveau les dossiers de M. de Gibray. — Aujourd'hui je dois étudier les notes que j'ai prises, et chercher la clef de la grille que j'ai entre les mains...

Elle prit le papier découpé, le déplia, l'étala devant elle et l'examina avec une profonde attention.

Les découpures étaient nettes, de forme allongée, et toutes de dimensions égales.

Les bords offraient de petites maculatures noires, tranchant sur la blancheur du papier.

— Cette grille a déjà servi... — murmura la policière, — la plume en écrivant a bavé sur la marge des découpures. — Ai-je ici du papier à lettre quadrillé, celui que l'on emploie en pareille circonstance?

Elle chercha sur le bureau où nous savons déjà que du papier de toutes les tailles était entassé, et continua :

— Oui, en voici... — Je vais tâcher de prouver demain, à ces messieurs du parquet et de la préfecture, que je ne me suis point trompée...

La grille qui se trouvait sous les yeux de ma-

2.

dame Rosier doit jouer un rôle dans la suite du drame que nous racontons.

En conséquence il nous semble utile d'initier nos lecteurs à l'usage des grilles qui permettent d'écrire les choses les plus mystérieuses avec la certitude absolue qu'elles resteront lettre close pour quiconque ne possède point la clef.

La grille trouvée sur le cadavre du voyageur tatoué était de la grandeur d'une feuille de papier à lettres in-octavo.

Il fallait l'employer en la plaçant dans le sens de la hauteur.

IV

Les découpures offraient le dessin dont nous allons donner la reproduction afin d'être parfaitement intelligibles et de frapper les yeux par une image matérielle.

Il importe d'ajouter que la grille en question, au lieu d'être percée de vingt carrés longs seulement, en offrait quarante.

Madame Rosier l'appliqua sur une feuille de papier à lettre de dimension identique, de façon à ce que chaque découpure se trouvât à cheval sur la ligne quadrillée de la feuille, et l'immobilisa par en haut au moyen d'une règle en acier qui pesait.également sur les bords de la grille et du papier à lettre.

Ensuite, elle traça dans chacune des découpures de la grille les mots suivants :

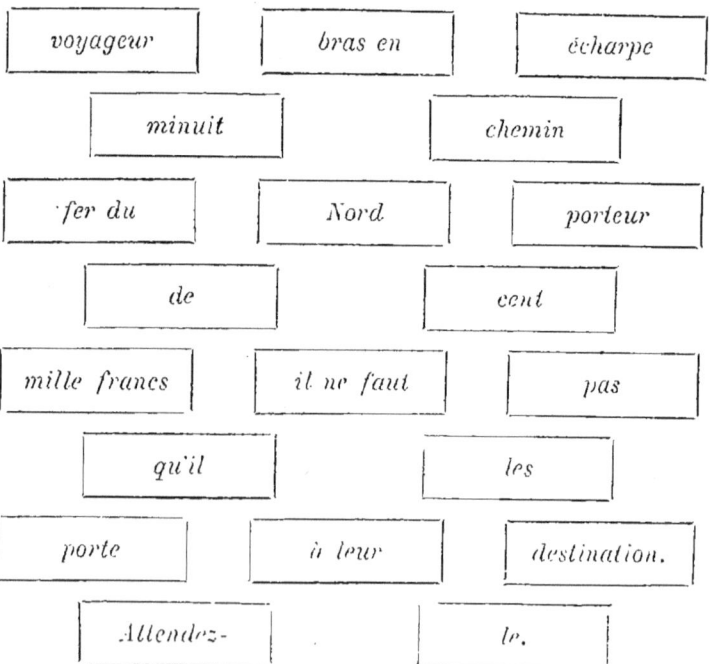

voyageur	bras en	écharpe
minuit		chemin
fer du	Nord	porteur
de		cent
mille francs	il ne faut	pas
qu'il		les
porte	à leur	destination.
Attendez-		le.

Ce qui constituait, en style télégraphique, cette phrase laconique :

« *Voyageur, bras en écharpe, minuit, chemin fer du Nord, porteur de cent mille francs, il ne faut pas qu'il les porte à destination, attendez-le.*

Ceci écrit, la policière enleva la grille et sur la feuille de papier quadrillé apparurent les mots, décousus en apparence, mais offrant cependant un sens très clair.

Reprenant ensuite la plume elle remplit les blancs en intercalant dans les phrases les mots détachés que nous soulignons.

L'ensemble produit ceci :

Bordeaux, le 20 décembre 1876.

Cher ami, j'ai reçu ce matin la visite de notre *voyageur*, il a le *bras en* ce moment en *écharpe* à la suite d'un grave accident arrivé cette nuit à *minuit* sur le *chemin* de fer du Nord ; je crains à cette heure, moi, de voyager sur le chemin de *fer du* réseau *Nord*. Il était *porteur* d'une traite sur la maison Franck de Paris. Cette traité est, cher ami, *de* trois *cent* mille francs. Je vous l'expédie ci-jointe, mais ces trois cent *mille francs*, je crois qu'*il ne faut* certes *pas* que nous les employions de suite à nos affaires... Je suis d'avis *qu'il* vaudrait mieux *les* garder pour un moment plus opportun. Qu'on les *porte* sans retard *à leur* véritable *destination*, à la Banque de France ou au Comptoir d'Escompte.

Attendez-moi vers *le* jeudi de la semaine prochaine.

A vous,   J. T.

La lettre était achevée.

On voyait que madame Rosier n'avait point oublié son ancienne profession et qu'elle était parfaitement au courant de l'usage des *grilles*.

Après avoir fini cette lettre où le sens des mots détachés de la première se trouvait dénaturé de la façon la plus complète et la plus adroite, elle la plia avec la grille, se promettant de donner à M. de Gibray la preuve qu'elle ne s'était point trompée dans ses conjectures.

Elle passa ensuite à l'étude sérieuse et approfondie des notes qu'elle avait prises.

Vers minuit elle quitta son siège, alluma sa bougie de poche, éteignit la lampe, jeta des cendres sur le feu et sortit de l'appartement de la rue Meslay en refermant à double tour la porte derrière elle.

A minuit et demi elle était de retour rue de la Victoire, où elle se coucha et s'endormit en pensant à son cher Maurice.

Son sommeil fut fiévreux, agité, peuplé de rêves bizarres dans lesquels passaient des formes sombres et des visages sinistres.

Elle s'éveilla de bonne heure, sauta en bas de son lit, s'habilla rapidement et de la manière la plus simple, puis sonna sa domestique et lui donna l'ordre de préparer sur-le-champ une tasse de chocolat.

Nous connaissons l'obéissance passive de Madeleine, et nous savons en outre qu'elle ne questionnait jamais.

Cependant il lui parut singulier d'entendre sa maîtresse réclamer ce chocolat qu'elle prenait d'habitude beaucoup plus tard, et elle ne put s'empêcher de demander :

— Madame va sortir?

— Oui, — répondit Aimée Joubert.

— Pour quelle heure faudra-t-il préparer le déjeuner de madame?

— J'ai à régler des affaires d'intérêt qui peuvent me retenir longuement... — Je déjeunerai dehors...

— Bien, madame... — Mais madame dînera ici?

— Je le pense.

—Madame veut-elle me commander son menu?...

— Inutile... — Vous ferez ce que vous voudrez.

— Bien, madame...

Madeleine sortit, et reparut au bout d'un quart d'heure apportant le chocolat, du beurre frais et du pain grillé.

Madame Rosier fit en quelques minutes un repas sommaire et quitta son appartement.

Avant neuf heures elle arriva rue Meslay, dit quelques mots au concierge qui, la connaissant de longue date, ne parut nullement étonnée de la voir, puis monta comme la veille au troisième étage.

Une explication brève est ici nécessaire.

La maison donnant tout à la fois sur le boulevard Saint-Martin et sur la rue Meslay, appartenait à la ville de Paris qui mettait à la disposition du chef de la sûreté un logement mystérieux dont la préfecture payait le loyer.

Le concierge était un ancien agent de police blessé gravement jadis dans une arrestation de malfaiteurs et devenu impropre pour le service. Il avait obtenu cette loge dont les petits bénéfices s'ajoutaient à sa pension de retraite.

Il avait pour consigne de tenir en bon ordre le logement que nous connaissons, de telle sorte qu'il fût prêt sans cesse à recevoir un hôte de passage, et il obéissait ponctuellement à cette consigne.

Lorsqu'un locataire le questionnait par hasard sur ce logement, où on ne voyait habituellement âme qui vive, il répondait :

— C'est loué pour une personne riche qui habite la campagne et qui veut avoir un pied-à-terre à Paris...

— Elle n'y vient pas souvent, cette personne... — répliquait-on.

— C'est son affaire... — Les termes sont exactement payés... — C'est tout ce qu'il faut... — Le reste ne me regarde pas...

Aimée Joubert, une fois dans l'appartement, alla droit à la chambre des costumes, fit glisser le panneau mobile d'une des armoires, choisit un costume de religieuse, le revêtit sur-le-champ, s'assit devant une table de toilette, se servit dés cosmétiques et des fards avec l'habileté d'une comédienne émérite et modifia son visage de manière à le rendre méconnaissable.

Ceci fait, elle se rendit au petit salon et se plongea de plus belle dans l'étude de ses notes.

Un peu après dix heures le bruit de la sonnette de la porte d'entrée la tira de son travail.

Elle alla ouvrir.

Jodelet et Martel étaient sur le seuil.

Les deux agents firent un pas en arrière en voyant une sœur de Saint-Vincent-de-Paul dont ils ne connaissaient pas la figure.

— Pardon, ma sœur... mais nous nous trompons certainement... — dit Jodelet avec embarras.

La policière sourit.

— Non, mes amis, — répliqua-t-elle, — vous ne vous trompez pas... — Entrez...

Jodelet n'avait pas reconnu le visage, mais il reconnut la voix et, étouffant une exclamation de surprise, il passa, suivi de Martel, devant Aimée Joubert.

Celle-ci referma la porte et rejoignit les deux hommes dans le salon.

— Sapristi, madame Rosier, — fit Jodelet dont la physionomie rayonnait d'enthousiasme, — vous pouvez vous vanter d'être d'une jolie force!... Vous auriez fait fortune au théâtre!... Brasseur ne se grime pas mieux que vous... et notez bien qu'on ne le voit qu'au gaz, de l'autre côté de la rampe!!...

— Il est de fait que c'est étourdissant!! — appuya Martel. — J'aurais passé vingt-quatre heures auprès de madame, en chemin de fer ou n'importe où, sans me douter que je la connaissais...

— Si je n'ai pas oublié le métier, tant mieux ! — répliqua vivement Aimée Joubert en serrant les mains des deux hommes. — Nous en aurons besoin...

— Comme ça, nous allons encore travailler ensemble... — reprit Jodelet tout joyeux.

— Oui, mon ami... l'écheveau qu'il s'agit de débrouiller est compliqué!! — Ces messieurs du parquet et de la préfecture m'ont prié de vous donner un coup de main.

— Et c'est une riche idée qu'ils ont eue là! — s'écria Martel. — Où personne ne voit goutte, vous voyez clair, vous! — Ah! ce n'est pas pour rien qu'on vous avait surnommée l'*Œil-de-Chat!*

— Vous êtes au courant de l'affaire? — demanda Jodelet.

— Oui, et s'il me manque quelques détails je compte sur vous pour me les donner...

— Nous sommes à votre disposition.

— Je n'en doute pas... — M'apportez-vous le relevé des noms des voyageurs qui, le lendemain du crime, ont quitté les hôtels qu'ils habitaient?

— Nous avons été avertis un peu tard et le travail n'est point terminé, quoiqu'il ait été confié à bon nombre d'inspecteurs.

V

Aimée Joubert fronça le sourcil.

Jodelet reprit vivement :

— Tous les hôtels n'ont pas été visités... Il y avait impossibilité matérielle... — Le temps manquait, mais les agents sont à la besogne aujourd'hui, et je vous apporte ce qui a été fait hier de sept heures à minuit.

— Combien d'arrondissements ?

— Huit... — Avant ce soir, le relevé des vingt sera dans vos mains.

— Il ne faudra point négliger les hôtels de l'ancienne banlieue.

— On ne négligera rien.

— Avez-vous beaucoup de noms?

— Pas plus d'une vingtaine... — Les étrangers viennent peu à Paris dans ce moment, et les hôteliers s'en plaignent...

— En effet, vingt départs sur huit arrondissements en un jour, c'est de beaucoup au-dessous de la moyenne habituelle... Donnez-moi vos rapports...

— J'ai cru devoir les résumer en un seul... — répondit Jodelet.

En même temps il présentait un papier à madame Rosier.

— Vous avez bien fait, — dit-elle; — j'attendrai la suite que je vous prierai de m'apporter ce soir, à dix heures.

— Où?

— Ici.

— Comptez sur moi...

— Nous ne commencerons aucune recherche avant que j'aie le travail complet... c'est lui qui doit me guider... — Maintenant j'ai besoin de quelques renseignements sérieux, et j'espère que vous pourrez me les donner...

Jodelet fit un geste qui signifiait clairement :

— Je l'espère bien aussi...

Puis, tout haut, il ajouta :

— De quoi s'agit-il?

— Avons-nous en ce moment bon nombre de récidivistes, au dépôt, à Mazas et à la Roquette?...

— Une centaine de *chevaux de retour*, environ...
— Anciens forçats et anciens réclusionnaires...

— Bien... — Il me faut leurs noms qui m'apprendront si ce sont de vieilles connaissances à moi...

— Il y en a dans le lot, ce n'est pas douteux, quand ce ne serait que *Boulingrin, La Savate, Jambe Limousine, Mollet de Coq, le Pianiste* et *le Cocodès*... tous gredins qui sont venus se faire pincer à Paris.

— Et parmi les libérés non soumis à la surveillance, mais que vous surveillez tout de même, y en a-t-il quelques-uns à qui j'ai eu affaire autrefois?...

— Oui.

— Des noms?

— *Sylvain Cornu* et *Galoubet*, par exemple...

— Très bien... — Faites filer ces deux hommes et qu'on me mette le plus tôt possible au courant de leurs habitudes...

— Ce ne sera pas difficile, au moins pour l'un d'eux, — répliqua l'agent de police. — Galoubet est un ancien maquignon qu'on est toujours sûr de trouver au marché aux chevaux... — Il suit aussi les ventes aux enchères, et il met volontiers cent sous sur les bidets de cent francs.

— C'est tout, quant à présent... — dit Aimée Joubert. — Je dois me rendre à la préfecture.

— A ce soir, alors?...

— A ce soir !

Les deux détectives se retirèrent pour aller exécuter les ordres qu'ils venaient de recevoir.

Une demi-heure plus tard, madame Rosier entrait dans le cabinet du chef de la sûreté.

Ce dernier, en voyant une religieuse, ne reconnut pas tout d'abord son agent féminin, et ce fut seulement en l'entendant parler qu'il lui devint possible de constater son identité.

— Pourquoi ce costume? — lui demanda-t-il.

— Parce qu'il n'en est aucun autre qui me déguise plus complètement... — A qui l'idée viendrait-elle que cette sœur de Saint-Vincent-de-Paul puisse être l'*Œil-de-Chat*? — Une religieuse, d'ailleurs, n'est jamais suspecte... Au nom de la charité elle a partout ses grandes entrées, et sa présence n'étonne nulle part, pas plus dans un bouge que dans un palais...

— C'est juste.

— Voulez-vous faire prévenir le juge d'instruction que je suis ici?... — Nous devons visiter ensemble la voiture du loueur de la rue Ernestine et aller ensuite au Père-Lachaise, au tombeau Kourawieff.

— A l'instant.

Le chef de la sûreté sonna.

Un garçon de bureau se présenta et reçut l'ordre d'aller au palais de justice avertir M. de Gibray et le commissaire aux délégations.

Aussitôt après son départ le chef de la sûreté reprit :

— Avez-vous vu Jodelet et Martel?

— Tout à l'heure, oui.

— Eh bien?

— Leurs recherches n'étaient point terminées... — La visite des hôtels et l'examen des livres de police exige beaucoup de temps... — J'aurai ce soir le complément de leur travail... — Ils ont mes instructions.

— A merveille...

Dix minutes s'écoulèrent au bout desquelles le juge d'instruction et le commissaire franchirent le seuil du cabinet.

La fausse religieuse produisit sur eux son petit effet comme sur le chef de la sûreté et sur les

agents, puis, après l'avoir complimentée au sujet
de son grand talent de transformation, M. de Gibray lui dit :

— Nous commencerons par la voiture, n'est-ce
pas ?

— Oui, monsieur, si vous le voulez bien.

— Cette voiture est ici, dans la cour du Dépôt,
— fit le chef de la sûreté.

— Descendons.

Le coupé appartenant au loueur Binet se trouvait remisé auprès d'un certain nombre des *paniers
à salade* qui font chaque jour le service des prisons
de Paris.

Tel nous l'avons vu au sortir de la cour de la
rue Ernestine, tel il était encore.

On doit se souvenir que les scellés avaient été
posés sur les portières.

Ces scellés demeuraient intacts.

M. de Gibray les enleva, après avoir constaté *de
visu* qu'on n'avait touché à rien.

Aimée Joubert ouvrit une portière et jeta un
coup d'œil dans l'intérieur.

— Tout est-il dans le même état qu'au moment
où on a trouvé le cadavre ? — demanda-t-elle.

— Exactement.

3.

— A-t-on cherché sous les coussins ?

— On a cherché partout...

Malgré cette réponse la policière monta dans la voiture.

Elle passa ses doigts menus entre les plis de la garniture. — Elle déplaça les coussins où le sang de l'homme assassiné avait mis sur le drap bleu de larges taches d'un noir rougeâtre.

Ceci fait sans résultat, elle descendit, écarta la bande de drap qui masquait un strapontin, et palpa ce strapontin.

Le paillasson fut ensuite l'objet de son examen. — Elle le souleva.

— Eh ! chère madame, — fit M. de Gibray à qui la minutie de ces recherches portait sur les nerfs, — nous avons visité tout cela par le menu, et nous n'avons rien trouvé.

— C'est que vous avez mal cherché !!! — s'écria madame Rosier en se penchant vers le plancher du fiacre.

Ce plancher était fixé sur l'armature de fer de la caisse par plusieurs boulons.

L'un de ces boulons manquait depuis un temps immémorial, laissant à sa place une cavité peu profonde, de la largeur d'une pièce de vingt sous.

Cette cavité renfermait un objet de métal brillant encore, malgré la couche boueuse dont il était
recouvert.

Aimée Joubert entreprit de dégager cet objet
avec ses ongles.

— Qu'est-ce donc ? — lui demandèrent à la fois
les trois magistrats.

— Quelque chose que je crois fort intéressant et
qui n'en a pas moins échappé à vos investigations...
— répondit-elle.

Puis, presque aussitôt elle ajouta :

— Je le tiens... — Regardez, messieurs... —
Trouvez-vous que ma trouvaille soit de quelque
importance ?...

Cette trouvaille consistait en un bouton de manchette, en or, représentant un fer à cheval garni de
six petites turquoises en guise de clous.

Une des turquoises manquait dans son alvéole.

— Très important !! — répondit le juge d'instruction. — Je ne m'explique point que ceci ait
passé inaperçu... — Ce bouton de manchette n'appartenait pas à la victime, mais il pouvait très bien
avoir été la propriété de l'assassin...

— C'est possible... c'est même probable... — fit
Aimée Joubert, les yeux fixés sur le joyau. — Ceci

n'est pas le moins du monde un objet de pacotille...
C'est élégant, original... presque artistique... Cela
doit sortir de chez un bon joaillier de Paris.

— Il manque une turquoise, vous l'avez vu ?... —
reprit M. de Gibray.

— Oui, cette turquoise, détachée de son alvéole,
sera tombée sur le pavé par une des fentes du parquet de la voiture... — Peu importe, mais l'indice
que je viens de trouver me déroute complètement,
je l'avoue...

— Pourquoi cela ? — demanda le juge d'instruction.

— Parce que le bijou que voilà devait être porté
par un jeune homme élégant et riche, et que je ne
me figurais point ainsi l'assassin... — Il faudrait
faire photographier ce bouton et envoyer une
épreuve à tous les joailliers, mais en leur laissant
croire qu'il s'agit simplement d'un vol... — Il importe, quant à présent, de faire aussi peu de bruit
que possible autour de l'affaire qui nous occupe...
Nous trouverons le vendeur, et par lui nous aurons
sans doute des renseignements utiles...

— Ce n'est pas douteux...

— Voulez-vous que je me charge de surveiller le
tirage et la distribution des épreuves ?

— Nous vous saurons gré de vous en occuper, — répondit Paul de Gibray.

Aimée Joubert mit le bouton de manchette dans son porte-monnaie et referma la voiture.

VI

— Maintenant, messieurs, — dit la policière, — si vous voulez bien, nous irons au Père-Lachaise.

— Partons, — répliqua le juge d'instruction.

Au moment où nos quatre personnages s'éloignaient de la préfecture, une voiture de grande remise croisa leur fiacre.

Paul de Gibray avait la tête à la portière.

Il aperçut dans cette voiture le comte Yvan et donna l'ordre d'arrêter.

Le jeune Russe, ayant reconnu le magistrat, en avait fait autant.

Les deux hommes mirent pied à terre.

— Veniez-vous me voir, monsieur le comte? — demanda M. de Gibray.

— Je venais solliciter de vous une autorisation...

— S'il est en mon pouvoir de l'accorder, je serai très heureux de vous être agréable... — De quoi s'agit-il ?

— De la tombe qui porte le nom de ma famille... — Permettez-moi de faire faire à cette tombe les réparations indispensables.

— Nous allions au Père-Lachaise... — dit le juge d'instruction. — Voulez-vous nous y accompagner ?... — Je vous dirai après cette visite s'il m'est possible de vous satisfaire immédiatement, ou si les choses doivent rester en l'état jusqu'à la fin de notre enquête...

— Je vais donc avoir l'honneur de vous suivre...

Le comte remonta dans sa voiture et enjoignit à son cocher d'accompagner le fiacre.

Le temps était sec et beau, — la gelée persistait. — Les chevaux marchaient bon train.

On arriva rapidement à l'entrée du cimetière où tout le monde descendit.

— Quelle est cette religieuse ? — demanda tout bas Yvan Smoïloff à M. de Gibray qui, à la grande surprise du jeune Russe, répondit :

— C'est madame Rosier.

Le commissaire aux délégations alla prévenir le

conservateur et réclama sa présence, ainsi que celle d'un ouvrier serrurier.

Le comte acheta une couronne d'immortelles et tout le monde se dirigea vers le monument funéraire auprès duquel deux gardiens veillaient sans cesse depuis le jour de la pose des scellés.

M. de Gibray brisa les cachets de cire, et l'ouvrier requis par le conservateur fit sauter la serrure provisoire qui condamnait la porte de bronze à l'immobilité.

Au début de ce récit nous avons décrit l'intérieur du tombeau formant une véritable chapelle.

Tout s'y trouvait dans le même état qu'au moment où on en avait retiré le cadavre de la femme assassinée en qui la policière avait cru reconnaître une Anglaise.

Aussitôt que la porte eut tourné sur ses gonds, Paul de Gibray invita du geste le comte Yvan à entrer le premier.

Le jeune homme s'inclina, franchit le seuil, accrocha sa couronne à un des supports scellés à cet effet dans la muraille, puis s'agenouilla et, plongeant son visage dans ses mains jointes, fit une courte prière.

Aimée Joubert et les magistrats l'avaient suivi.

La policière examina rapidement tous les objets qui nous sont connus, mais son attention se concentra bien vite sur le petit autel et sur le tabernacle qui lui servait de couronnement.

— Quand vous êtes entré ici pour la première fois, le tabernacle était-il ouvert? — demanda-t-elle au juge d'instruction.

— Il était ouvert... — répondit celui-ci

— Donc on venait y déposer quelque chose, où d'y prendre ce qui s'y trouvait déposé déjà... — Ceci est indiscutable. — Une lutte s'est engagée entre le meurtrier survenant à l'improviste, et la malheureuse dont il a fait sa victime. — Cette lutte a été violente, les chaises renversées, les bougies brisées, le prouvent jusqu'à l'évidence... — L'assassin n'a dû quitter le tombeau que lorsqu'il a eu la certitude que sa victime ne respirait plus... — Tout cela vous semble bien établi, n'est-ce pas?

— Oh! parfaitement! — répliqua le juge d'instruction. — Le crime a été commis pour s'emparer de la correspondance déposée dans le tabernacle, c'est clair comme le jour...

— Il existe, néanmoins, des complications dont la clef m'échappe encore... — reprit Aimée Joubert.

— L'assassin n'est point, il est vrai, l'homme à qui

la correspondance était destinée, et la preuve c'est
qu'en se retirant il a glissé de petits cailloux dans
la serrure... — Donc il voulait empêcher, ou du
moins retarder l'entrée du véritable destinataire
des papiers... — Tout cela reste dans mon esprit
très [confus, très obscur... La seule chose qui m'ap-
paraisse de façon fort nette, c'est qu'il y a dans
l'affaire ce qu'on appelle vulgairement un *troisième
larron*...

» Et, selon moi, c'est ce troisième larron qui aurait perdu son bouton de manchette dans la voiture du loueur de la rue Ernestine?

» J'en ai la conviction, je dirai volontiers la certitude...

— Supposez-vous, — dit Paul de Gibray, — qu'il
fasse partie de cette bande dont l'existence vous
paraît prouvée et dont Pierre Lartigues serait un
des gros bonnets?

Aimée Joubert secoua la tête.

— Non... — dit-elle ensuite. — Je suppose tout
le contraire... — L'homme au bouton devait être
un intrus contrecarrant les projets des associés et
cherchant à surprendre leurs secrets.

— Le champ de supposition que vous abordez

est sans limites... — murmura Paul de Gibray, — prenez garde de vous égarer.

— Je cherche la vérité... — répondit madame Rosier, — et, soyez tranquille, je ne m'égarerai point, ou, si je m'égare un instant, je ne tarderai guère à retrouver mon chemin... — Si profondes que soient les ténèbres, il faut bien que la lumière jaillisse... — Laissez-moi procéder à une inspection non moins sérieuse que celle qui m'a si bien réussi ce matin dans la voiture du loueur Binet...

Les trois magistrats, le comte Yvan et le conservateur se retirèrent sur le seuil afin de ne pas entraver la liberté d'action de la policière.

Celle-ci examina longuement, minutieusement, les moindres détails du funèbre intérieur.

Elle dérangea les chaises et souleva le tapis.

Tout à coup elle poussa une exclamation, s'agenouilla sur les dalles, et ramassa au milieu de la poussière, une petite pierre bleue, de la grosseur d'un grain de chènevis.

— Qu'avez-vous trouvé? — demanda vivement M. de Gibray.

— La turquoise qui manque au bouton de manchette...

— Vraiment?

— Voyez...

Aimée Joubert s'était relevée.

Elle exhiba son porte-monnaie.

Elle en tira le petit fer à cheval qu'elle y avait serré, et elle présenta la turquoise au compartiment vide où elle s'adapta le mieux du monde.

— Ceci nous prouve que le bouton de manchette appartient bien à l'assassin... — dit-elle; — du reste je n'en doutais pas... — Mes investigations ici sont terminées, messieurs, et je n'ai point perdu mon temps.

Le comte Yvan avait pris le fer à cheval et, son lorgnon dans l'œil, l'examinait sur toutes ses faces.

— C'est un bijou original et soigné... — dit-il.

— Très soigné et par conséquent très reconnaissable, ce qui rend la trouvaille précieuse... — répliqua madame Rosier en réintégrant l'objet dans son porte-monnaie; puis, s'adressant au Russe, elle ajouta : — Monsieur le comte, serez-vous libre ce soir, à onze heures?

— Parfaitement.

— Pourrez-vous vous mettre à ma disposition?

— Sans doute et avec empressement, soyez-en convaincue...

— Trouvez-vous donc ce soir, à onze heures, dans une voiture, à l'angle de la rue Meslay et de la rue Saint-Martin... — Un homme mettra la tête à la portière de votre voiture et vous dira : *Monsieur le comte, on vous attend...* — Vous le suivrez... — Notez bien que ceci n'est mystérieux qu'en apparence... — Je vous enverrai quelqu'un dans le but unique de vous éviter un dialogue avec le concierge de la maison où on vous conduira....

— Je serai à l'heure convenue à l'endroit indiqué... — dit le Russe.

— A ce soir donc, monsieur le comte... — Messieurs, nous n'avons plus rien à faire ici.

— Mais, — dit M. de Gibray, — vous m'aviez promis hier de m'apporter aujourd'hui l'explication du papier découpé trouvé sur le cadavre et que vous affirmez être une *grille*...

— C'est vrai... — j'oubliais de vous en parler...

— Vous avez découvert ce que vous cherchiez?

— Sans la moindre peine.

— Je suis curieux de connaître le résultat de votre travail.

— Voulez-vous que nous descendions au bureau de M. le conservateur? — Je mettrai sous vos yeux ce que j'ai fait.

— Venez...

On allait quitter le tombeau Kourawieff lorsque le comte Yvan dit à Paul de Gibray :

— Maintenant, monsieur, vous vous êtes rendu compte de toutes choses par vos propres yeux ; me donnerez-vous l'autorisation que je sollicite ?

— Je ne vois aucun motif pour la refuser... — répliqua le juge d'instruction ; puis il ajouta : — Monsieur le conservateur, vous voudrez bien laisser les ouvriers désignés par M. le comte faire au tombeau Kourawieff les réparations qu'il jugera nécessaires...

— Merci, monsieur... — dit le jeune Russe. — Je vais profiter de ma présence ici pour m'entendre immédiatement avec un marbrier... — Au revoir, messieurs !... — A ce soir, madame !...

Yvan Smoïloff s'éloigna.

On descendit alors au bureau du conservateur.

Aimée Joubert, se trouvant seule avec les trois magistrats, tira de son portefeuille la lettre qu'elle avait écrite dans la soirée de la veille, et la présenta au juge d'instruction.

— Veuillez lire à haute voix, monsieur... — lui dit-elle.

Paul de Gibray s'empressa de faire ce que la policière demandait.

— Que voyez-vous là dedans? — lui demanda-t-elle ensuite.

— Une épître commerciale d'un fort mauvais style, rédigée par un négociant quelconque...

— Mais rien de suspect?...

— Absolument rien.

— Relisez et cherchez bien...

— J'ai beau chercher, je ne trouve pas...

VII

Aimée Joubert sourit.

— Permettez-moi donc, alors, — dit-elle, — de vous prouver qu'hier je ne m'abusais pas en m'engageant à découvrir le secret de la grille...

Elle retira la lettre des mains de M. de Gibray, l'étala sur une table, déplia la grille qu'elle posa bien à plat sur la table, et les quelques mots qui nous sont connus apparurent dans les découpures.

— Maintenant, — ajouta la policière, — lisez...

Le juge d'instruction se pencha et lut :

« *Voyageur, bras en écharpe, minuit, chemin fer du Nord, porteur de cent mille francs. Il ne faut pas qu'il les porte à leur destination. — Attendez-le.* »

— Je comprends! — s'écria Paul de Gibray. — Vous aviez cent fois raison! — Les bandits dont nous venons de découvrir l'existence employaient certainement ce moyen pour correspondre sans se compromettre...

— Ils faisaient acte de prudence, — répondit la policière, — et cependant c'est peut-être par leur prudence même qu'ils seront trahis...

— Je comprends mal votre pensée...

— L'avenir vous l'expliquera...

— Je n'en doute pas, et je crois d'avance à votre succès car la confiance que vous m'inspirez est sans bornes...

— Je la justifierai de mon mieux...

Aimée Joubert prit alors congé de ses chefs qui retournèrent au palais de justice.

Quittons pour un instant les magistrats et la policière et occupons-nous de quelques-uns des autres personnages du drame que nous racontons.

Simone était entrée en possession de son emploi chez madame Dubief.

Celle-ci, dès le premier jour, avait constaté que sa nouvelle employée possédait une intelligence remarquable unie à l'ardent désir de bien faire.

La sous-maîtresse chargée d'installer à la linge-

rie du pensionnat la protégée de Marie Bressolles
n'avait eu aucun mal à l'initier aux mille détails
dont la réunion formait l'ensemble de ce petit gouvernement.

Malgré son extrême modestie, Simone sut trouver en elle-même l'aplomb d'une femme de trente
ans.

Trois jours après son installation elle tenait en
mains les ouvrières placées sous ses ordres et dont
plusieurs avaient le double de son âge.

Toutes lui obéissaient, la respectaient et l'ai-
maient.

A l'hôtel de la rue de Verneuil les travaux rendus
nécessaires par les futures réceptions étaient déjà
commencés.

En sa qualité d'ancien architecte, Ludovic Bressolles connaissait des entrepreneurs intelligents et
pleins de zèle.

Il fit appeler celui d'entre eux qu'il savait par
expérience le plus expéditif, il le mit au courant
de ses idées et lui donna huit jours pour les réaliser.

L'entrepreneur promit et se mit en mesure de
tenir parole.

M. Bressolles surveillait les ouvriers.

Cette organisation, — ou ce qu'il appelait cette *désorganisation* de son intérieur, — lui prenait la plus grande partie de son temps, quoiqu'il ne s'y prêtât, nous le savons, qu'à contre-cœur.

Il s'était borné à conduire tous les jours Marie chez Gabriel Servet, et à venir la chercher quand le temps fixé pour les séances était écoulé.

La jeune fille passait donc deux heures dans l'atelier de la rue Vavin en compagnie du peintre et de son élève Albert de Gibray.

Le fils du juge d'instruction ne manquait point de venir prendre sa leçon à l'heure où Marie posait.

C'est à l'atelier que nous allons prier nos lecteurs de nous accompagner, le lendemain de la première séance.

Dix heures du matin venaient de sonner.

Le maître et l'élève étaient seuls encore.

Gabriel préparait sa palette.

Albert travaillait avec des distractions manifestes au tableau commencé par lui depuis quelques jours.

Tout à coup il interrompit son travail.

— Il me semble qu'il est tard... — fit-il. — Est-ce que mademoiselle Bressolles ne viendra pas aujourd'hui?

Gabriel interrogea le cadran d'une belle pendule de style Louis XIV, et répondit en souriant :

— Il n'est que dix heures...

— Seulement dix heures, — murmura le jeune homme...

— Il me semble que le désir de voir mon gracieux modèle te fait trouver le temps plus long que de coutume?

— C'est vrai, maître... — répondit Albert avec franchise. — J'aime cette nature si douce et si bienveillante... cette enfant si simple, si bonne, si charmante...

— Tu l'aimes? dis-tu... — C'est un peu vague... — Qu'entends-tu par le mot *aimer*?

Une vive rougeur colora le visage presque imberbe de l'élève.

— J'entends ce que vous entendez vous-même... — balbutia-t-il non sans embarras.

— Ce n'est pas sûr... — répliqua Gabriel.

— Y a-t-il deux manières d'aimer?...

— Il y en a bien plus de deux, et tu le sais aussi bien que moi, mais en ce moment tu ne veux pas t'en souvenir... — Aimes-tu mademoiselle Bressolles parce que tu as rencontré en elle une jeune fille jolie sans coquetterie, instruite sans pédan-

tisme, causant à merveille sans la moindre préten-
tion, et avec qui, par conséquent, la conversation
est agréable, ou l'aimes-tu parce qu'elle a fait
naître en ton cœur une émotion d'une nature par-
ticulière et nettement définie, qui, pour si passa-
gère qu'elle soit, te semble devoir être d'une éternelle durée? — Éprouves-tu pour elle l'amitié
qu'inspire une camarade parce qu'elle est aimable,
où l'aimes-tu d'amour parce qu'elle est femme?

— Maître, vous m'embarrassez beaucoup en me
questionnant au sujet de ce qui ce passe au plus
profond de moi... — Je vais cependant vous répondre de mon mieux et, vous n'en doutez pas,
très sincèrement...

» Ce que j'ai ressenti, en me trouvant pour la
première fois en face de Marie Bressolles est indé-
finissable... Je suis incapable d'analyser et de dé-
crire ce que j'éprouve en la voyant, et ce que je
pense, et de quelle nature est le sentiment qu'elle
éveille en mon âme, mais, depuis que je l'ai vue,
depuis que j'ai entendu le son de sa voix, je voudrais la voir sans cesse et l'entendre toujours... —
Quand elle est là, je suis heureux... absolument
heureux... — J'ai le cœur plein de joie, les yeux
pleins de soleil... Quand elle part, elle emporte mon

cœur avec elle... Le vide se fait autour de moi... Il me semble que tout devient sombre et que je cesse de respirer...

— Sapristi!... — s'écria Gabriel avec un éclat de rire qui sonnait faux, car il se sentait, au fond, contrarié et inquiet. — Sapristi! mauvaise affaire!... Te voilà parfaitement épris de ma jeune cliente, et c'est dangereux...

— Dangereux, en quoi?... — Vous savez bien que mon respect pour elle égale ma tendresse.

— Oui, certes, je le sais... — Je n'ai jamais eu à cet égard l'ombre d'un doute, et ce n'est pas pour mademoiselle Bressolles que ton amour est un danger selon moi.

— Pour qui donc?

— Pour toi-même!... — Ta situation est des plus périlleuses... Tu te prépares des chagrins sans nombre, et si véritablement cet amour existe ailleurs que dans ton imagination, aie le courage de t'éloigner... L'absence te guérira vite car un mal si récent ne saurait être bien enraciné, et avant peu tu auras éloigné de ton esprit un rêve chimérique...

— Chimérique? — répéta douloureusement Albert. — Pourquoi chimérique? — Existe-t-il donc

entre mademoiselle Bressolles et moi des abîmes
que je ne soupçonne pas ?

— Eh ! mon cher enfant, ce n'est point du tout
cela que j'ai voulu dire... — se hâta de répondre
Gabriel Servet. — Certes, personne ne s'étonnerait
de te voir épouser Marie Bressolles... Ton père et
le sien sont riches tous les deux et tous les deux
honorables et honorés... — A la vérité tu es de famille noble, mais à l'époque où nous vivons la
noblesse ne signifie pas grand'chose... — Il faut
avoir une valeur personnelle... il le faut absolument... celle des ancêtres ne suffit plus... — Donc
ce mariage serait possible et sortable... à moins que
ton père ou M. Bressolles n'aient d'autres projets.
Mais l'obstacle est ailleurs...

— Où donc ? — demanda le fils du juge d'instruction. — Quel est cet obstacle ?

— Votre âge... — Vous êtes trop jeunes tous les
deux pour penser à un prochain mariage...

— Soit ! Mais qui nous empêcherait d'attendre
en nous aimant ?...

— Je ne crois pas au bon résultat de ces pro-
messes de s'attendre... L'un des deux y manque
toujours et les mariages indéfiniment reculés n'a-
boutissent jamais... — D'ailleurs pour se marier

il faut être deux... — Admettons que tu aimes
Marie Bressolles. Rien ne prouve que de son côté
elle t'aime.

Albert soupira.

Gabriel poursuivit :

— Et si, aujourd'hui ou demain, elle se figurait
t'aimer, crois-tu que ce serait bien sérieux ? —
Marie sort de pension... — C'est une charmante
enfant... et toi-même, avocat futur et futur artiste,
excellent garçon plein d'avenir, tu n'es au fond
qu'un grand gamin...

— Oh ! gamin !! — s'écria Albert scandalisé.

— L'épithète n'a rien de blessant pour ton amour-
propre... — Je connais des artistes dont le nom est
célèbre, dont les cheveux ont blanchi, et qui la mé-
ritent plus que toi. — Bref, qui sait si demain tu
aimeras encore ?...

— J'aimerai toujours... Je le jure !

Gabriel allait répondre.

Il n'en eut pas le temps.

Un coup de sonnette retentit et lui coupa la
parole.

Albert rougit et pâlit tour à tour en balbutiant :

— La voilà...

L'artiste le regarda du coin de l'œil, secoua la

tête et se dit tout bas : — Mauvais symptômes !...
— Ce grand gamin-là pourrait bien être plus sérieusement pris que je ne le croyais... et que je ne
le voudrais surtout...

Le fils du juge d'instruction ne s'était pas trompé.

Marie et son père venaient d'entrer en effet dans
la maison.

VIII

Au bout d'une ou deux secondes on entendit dans l'escalier le pas un peu lourd de l'ex-architecte et le pas léger de la jeune fille.

Gabriel s'empressa d'aller à la rencontre des nouveaux venus.

— Monsieur Servet, — dit Marie en tendant sa petite main bien gantée, — grondez mon père, je vous en prie...

— Et pourquoi cela, mademoiselle?

— Nous vous avons fait attendre au moins dix minutes, et c'est lui seul qui en est cause...

Albert s'était levé et, très ému par la conversation qu'il venait d'avoir avec Gabriel, saluait Marie en rougissant.

La jeune fille lui souhaita cordialement le bon-
jour, sans la moindre nuance d'embarras.

— L'enfant a raison !... — s'écria Ludovic Bressolles avec un gros rire. — C'est moi qui suis
cause du retard... Grondez-moi donc, je l'ai mé-
rité...

— Je ne vous gronderai pas, — répliqua l'artiste
en serrant la main de son interlocuteur, — mais
je vous punirai...

— Comment cela ?

— En gardant ici mademoiselle votre fille dix
minutes de plus, ce qui me fera déjeuner dix minutes plus tard...

— Eh bien ! cher monsieur Servet, ce sera me
rendre service... — fit Ludovic Bressolles en riant.
— Il faut que j'aille chez mon tapissier... j'ai à lui
donner des explications... Ce sera un peu long et
j'ai grand'peur de faire attendre Marie...

— Si tu me fais attendre, tant mieux... — répliqua gaiement la jeune fille. — Je serai en bonne
compagnie et j'entendrai parler d'autre chose que
de tapisseries, de tentures, d'ameublements, de
mesures à prendre, de cloisons à supprimer, de
portes à élargir, car il faut vous dire, messieurs, —
ajouta-t-elle en s'adressant à l'artiste et à son élève,

— il faut vous dire que, depuis hier, il n'est question que de cela au logis...

— C'est ma foi vrai, — répondit l'ex-architecte, — et, si extravagant que cela puisse paraître au premier coup d'œil, ce n'est pas sans motif. — Figurez-vous que jusqu'à ce jour j'avais vécu dans mon intérieur en homme ami de son repos, à qui ce qu'on appelle les plaisirs bruyants causent un légitime effroi... — Je me garais avec soin des bals, des soirées, des réceptions, et j'espérais bien m'en garer toujours... — Fol espoir, hélas ! messieurs... — Crac !... changement à vue, modification sur toute la ligne !... — Vous me demanderez pourquoi ? — Oh ! mon Dieu, c'est bien simple... — Madame Bressolles, qui voit sa fille grandir, veut à toute force la produire dans le monde, et mademoiselle, piquée par je ne sais quelle mouche, abonde dans le sens de sa mère ! ! — Bref, on m'impose l'effroyable corvée de donner des fêtes, de bouleverser · ma vie pour attirer chez moi des oisifs et des indifférents... Je n'ai pas la force de résister, et d'ici quinze jours j'aurai mis tout sens dessus dessous dans l'hôtel Bressolles où je me trouvais si bien... dont j'aimais tant la simplicité... — Croyez-vous que je sois à plaindre ?...

— Ma foi non, cher monsieur ! Je ne vous plains pas ! — dit Gabriel en riant. — Il me semble au contraire que vous devez vous trouver heureux de donner satisfaction pleine et entière aux légitimes aspirations de ces dames.

— Ainsi donc, vous prenez parti pour elles contre moi ?

— Sans le moindre doute... — Mademoiselle votre fille sera bientôt d'âge à ce que ses parents songent à la marier... et c'est en recevant beaucoup de monde qu'ils pourront lui choisir un mari digne d'elle.

En disant ce qui précède, Gabriel regardait son élève à la dérobée.

Albert de Gibray, en entendant la dernière phrase, tressaillit et devint pâle.

Marie sentit un petit frisson effleurer son épiderme.

— Que parlez-vous de mariage, monsieur Servet ? — s'écria-t-elle en égarant du côté d'Albert un coup d'œil chargé de tendresse. — Je suis bien certaine que ce n'est point pour me choisir un mari que mes parents vont donner des fêtes. — Est-ce que je me trompe, père ?

— Qui sait ? — répondit l'ex-architecte. — Mon-

III. 5

sieur Servet n'a peut-être pas tort... — Tu ne dois
avoir aucune envie de coiffer sainte Catherine,
et pour trouver un bon mari il faut le chercher...

Mademoiselle Bressolles devint pourpre.

— Nous avons pour cela beaucoup de temps...
— balbutia-t-elle.

— Sans doute... sans doute... — Il est certain
qu'à ton âge ce n'est point le temps qui manque...
mais il vaut mieux s'y prendre d'avance... — N'est-
ce pas, monsieur Servet?

— Assurément... — D'ailleurs rien n'obligera
mademoiselle à se hâter de faire un choix...

— Mon cher artiste, — reprit M. Bressolles,
— nous inaugurerons dans une quinzaine de
jours ces réceptions qui me causent un si profond
effroi... — J'espère que vous nous ferez le plaisir
et l'honneur d'y assister ?

— N'en doutez pas, monsieur... — J'accepte
avec le plus vif plaisir... comptez sur moi...

Marie tira de sa poche un élégant carnet à cou-
verture d'ivoire, et prenant un crayon s'écria :

— Je vous inscris le premier sur la liste des invitations...

— Merci, mille fois, mademoiselle...

Albert prêtait l'oreille.

Son cœur battait à rompre sa poitrine et sa pâleur augmentait encore.

Quoi, en sa présence on invitait Gabriel, et on l'oubliait, lui qui aurait donné tout au monde pour être admis dans la maison de Marie, dans l'intimité de sa famille...

Un tel oubli était-il volontaire?

Peut-être? mais alors, — étant données les circonstances dans lesquelles il se produisait, — il devenait blessant...

Sur quels motifs d'indignité pouvait se fonder son exclusion?...

Albert se posait ce problème et sentait monter à ses yeux des larmes de honte et de colère.

Marie allait refermer son carnet.

— Quelle distraction ! ! — s'écria tout à coup M. Bressolles, de sa grosse voix bonne enfant.

— Une distraction ?... — répéta la jeune fille.

— Oui, parbleu !...

— Laquelle ?...

— Tu vas remettre ton carnet dans ta poche, et tu as oublié de joindre le nom M. de Albert de Gibray à celui de notre cher et grand artiste !... C'est impardonnable ! !

Marie rougit jusqu'à la racine des cheveux, tandis qu'une immense joie envahissait son âme.

Depuis le début de l'entretien elle pensait sans cesse à Albert, mais elle n'osait parler la première d'une invitation, précisément parce qu'elle avait l'ardent désir que cette invitation fût faite.

Albert, lui, se sentit renaître, tandis que le plus vif incarnat remplaçait la pâleur de son visage.

— Voilà une distraction réparée... — fit la jeune fille radieuse, en serrant son carnet et son crayon.

— Comment vous remercier, monsieur ?... — balbutia le fils du juge d'instruction.

— En ne manquant à aucune de nos soirées... — répondit Ludovic Bressolles.

— Je me garderai bien d'y manquer, soyez-en sûr !...

— Croyez-vous que si j'adressais une invitation à M. votre père, il me ferait l'honneur de l'accepter ?...

— A cela, monsieur, il m'est impossible de répondre... — Mon père est magistrat, vous le savez, et c'est à lui que le parquet confie les affaires les plus importantes... — Le travail absorbe toutes ses journées, prend une partie de ses nuits et ne lui permet jamais d'aller dans le monde... Mais qu'il accepte ou qu'il refuse, il sera fier et reconnaissant de la distinction dont vous avez bien voulu me rendre l'objet...

— Je l'inviterai quand même, — répliqua l'ex-architecte — et s'il consent à faire une exception en notre faveur nous en serons heureux... — Mais je bavarde... je bavarde... et le temps passe... — Voilà que nous venons de perdre encore une demi-heure... — Je vous laisse travailler, monsieur Servet, et je cours chez mon tapissier.

Ludovic Bressolles appuya ses lèvres sur le front de sa fille et sortit.

— Veuillez prendre la pose, mademoiselle... — dit l'artiste.

Et la séance commença.

** *\
*

Que devenait la belle Octavie?

Nos lecteurs ont déjà compris qu'à la suite du souper donné chez Brébant par le petit baron Pascal de Landilly, elle était devenue la favorite déclarée du comte Yvan qui, voulant cacher les vrais et sérieux motifs de son voyage à Paris, jugeait utile de se donner l'apparence d'un viveur ne songeant qu'à ses plaisirs et s'absorbant dans les amours faciles.

Octavie, fière de sa nouvelle liaison qui ne pouvait manquer d'être avantageuse au double point de vue de son amour-propre et de ses intérêts pécuniaires, avait provisoirement mis de côté Maurice de la manière la plus complète.

Elle ignorait même qu'il eût momentanément quitté Paris.

Le comte Yvan faisait les choses en grand seigneur millionnaire.

Il était allé magnifiquement au-devant des exigences de sa conquête un peu banale, dont il semblait deviner et dont il se plaisait à prévenir les moindres caprices.

Chevaux, voitures, mobilier, tout était renouvelé ou allait l'être dans les plus luxueuses conditions.

Un crédit illimité, ouvert par le Russe chez le plus fameux des couturiers, permettait à la jeune femme de satisfaire ses instincts de prodigalité dans l'élégance.

Les commis des grands bijoutiers de la rue de la Paix et des boulevards se succédaient avec des écrins chez Octavie.

Celle-ci éprouvait une ivresse folle en assistant

à la réalisation de ses rêves les plus caressés : —
éclabousser ses bonnes amies et *gâcher* tout à son
aise.

Elle éclaboussait et elle gâchait, — il ne lui en
fallait pas davantage pour se trouver parfaitement
heureuse.

Ceci nous explique pourquoi Maurice, l'ami du
cœur, était mis de côté avec une si parfaite désin-
volture, et pour le moment ne comptait pas plus
dans la vie de la pécheresse, que s'il n'avait jamais
existé.

Le comte Yvan n'était point amoureux, mais les
allures parisiennes d'Octavie lui plaisaient, et il se
faisait initier par elle aux finesses de la *langue verte*.
— Nous n'ignorons pas, d'ailleurs, que sa liaison
avait un but, et nous savons aussi quel était ce but.

IX

Lartigues et Verdier restaient aux aguets selon leur coutume, et se tenaient sans cesse sur leurs gardes ainsi que le font en campagne de prudents capitaines qui veulent éviter toute surprise.

Ils avaient résolu de chercher de leur côté la piste de Ludovic Bressolles pendant que Maurice était à Vic-sur-Braisnes, et ils combinaient divers moyens d'arriver à leur but.

Nous voici en règle avec la situation présente de nos principaux personnages, et rien ne nous empêche de suivre pas à pas les agissements d'Aimée Joubert.

En quittant le cimetière du Père-Lachaise ell

avait regagné la rue Meslay afin d'y reprendre son costume habituel et son visage de tous les jours ; puis, après avoir déjeuné à la hâte dans un petit restaurant du boulevard, elle s'était rendue chez un photographe que la préfecture de police employait souvent, et lui avait remis le bouton de manchette en lui recommandant de faire le cliché sans retard et de tirer le plus vite possible deux cents épreuves.

Ceci fait, la Morgue reçut pour la seconde fois sa visite et elle soumit les vêtements des deux victimes à de nouvelles et minutieuses investigations.

Les doublures furent entièrement décousues et les moules des boutons d'étoffe examinés l'un après l'autre.

La policière espérait trouver des indices qui, joints à ceux qu'elle possédait déjà, pourraient la guider dans une si mystérieuse affaire.

Les recherches furent sans résultat.

Désappointée, mais non découragée, elle se fit conduire rue de la Victoire et s'enferma pour réfléchir, après avoir donné l'ordre à sa servante Madeleine de ne la déranger sous aucun prétexte.

A six heures, elle dîna solitairement.

A neuf et demie elle retourna rue Meslay où

5.

nous savons qu'elle avait donné rendez-vous à Jodelet et à Martel.

Les deux détectives ne furent point en retard.

A l'heure indiquée ils arrivèrent, munis du relevé des livres de police des hôtels où l'on avait trouvé trace des voyageurs ayant quitté Paris dans la journée du 21 décembre.

Ces voyageurs n'étaient pas nombreux.

Martel apportait, en outre, les noms des récidivistes détenus en ce moment dans les prisons de Paris.

De plus, il s'était informé de l'endroit où se réunissaient volontiers Galoubet et Sylvain Cornu.

Aimée Joubert jeta les papiers sur le bureau.

— J'examinerai cela à loisir... — dit-elle.

— Est-ce tout pour aujourd'hui ? — demanda Jodelet.

— C'est tout.

— Quels sont les ordres pour demain ?

— Demain, vous, Jodelet, vous viendrez me prendre ici à dix heures du matin...

— Et moi ? — fit Martel.

— Vous irez rue Montorgueil, — répondit la policière, — vous visiterez avec soin les environs de l'hôtel où le cocher du loueur Binet a fait halte,

croyant y déposer deux voyageurs... — Vous verrez s'il existe près de là une bouche d'égout.

— Une bouche d'égout ? — répéta Martel.

— Oui, et si elle existe vous la ferez immédiatement explorer... — Il importe de savoir si le meurtrier n'y aurait pas jeté l'arme dont il s'est servi...
— Demain soir, à six heures, vous viendrez ici me
rendre compte du succès de vos recherches.

— C'est compris.

— Vous pouvez vous retirer, je n'ai plus besoin
de vous, mais Jodelet restera un instant encore
avec moi.

Martel prit congé.

La policière le reconduisit jusqu'à la porte exté-
rieure qu'elle referma derrière lui.

— Maintenant, — dit-elle à Jodelet en revenant
s'asseoir près du bureau sur lequel se trouvaient
les notes précédemment remises, — examinons
ensemble les noms des voyageurs partis de Paris
le 21...

Et, prenant les feuilles, elle se mit en devoir de
les consulter.

— Que diable espérez-vous trouver là dedans ?
— interrogea Jodelet.

— C'est bien simple... — Si l'assassin habitait

un hôtel, il a dû le quitter aussitôt après le crime
commis, dans l'espoir de faire perdre sa trace à la
police... — Un nom malsonnant, une indication
douteuse, doivent donc attirer notre attention...
— Nous aurions à l'hôtel le signalement du voyageur suspect et nous nous mettrions aussitôt en
chasse sur sa piste...

— Mais, s'il n'était plus en France ?

— Nos agents de Londres, de Belgique ou d'Al-
lemagne nous suppléeraient... — Au besoin nous
agirions nous-mêmes.

— Supposez-vous que l'assassin soit étranger ?

— Je crois que d'anciens forçats sont dans l'affaire... Ces forçats, très habiles et munis de papiers
en règle, habitent habituellement l'étranger.

— Bref, vos soupçons s'arrêtent sur quelqu'un ?

— Oui.

— Cherchons donc.

Les feuilles, — nous croyons l'avoir dit, —
étaient classées par arrondissement.

Chaque arrondissement était divisé par colonnes.

Ces colonnes renfermaient le nom de l'hôtel d'où
un voyageur était parti à la date indiquée ; le nom
de la rue ; le numéro de la maison ; le nom du
voyageur copié sur le registre ; sa profession ; son

âge ; son lieu de naissance ; la date de son entrée dans l'hôtel ; la nomenclature des papiers dont il était muni et d'après lesquels l'inscription avait été faite.

Tout cela simplifiait énormément le travail des recherches.

Le premier arrondissement ne comportait que deux noms, celui d'un voyageur de commerce domicilié à Lyon, et celui d'une jeune femme de Bourges, voyageant avec ses deux petits enfants et sa femme de chambre...

Il n'y avait là rien d'insolite, rien qu'il fût nécessaire d'approfondir.

La feuille du deuxième arrondissement contenait quatre noms.

Aimée Joubert lut vivement les trois premiers.

Elle s'arrêta au dernier.

— Oh! oh ! — fit-elle en fronçant le sourcil, — voilà qui mérite attention...

— Quoi ? — demanda Jodelet.

— Ceci... — Écoutez...

Et la policière lut à voix haute :

« *Hôtel des Pays-Bas, rue de Grammont, Thermis (Jules), propriétaire, né à Ixelles, Belgique, cinquante ans, entré le 8 décembre, sorti le 21... — Papiers dépo-*

sés : *Passeport belge, délivré à Bruxelles, en date du*
5 décembre.) »

Madame Rosier, après avoir achevé, regarda Jodelet.

— Eh bien ! mais, — dit ce dernier, — il n'y a
là rien qui me frappe... rien absolument... — Ce
Jules Thermis ne saurait être suspect, ce me
semble, par l'unique raison qu'il est Belge...

— Cela me frappe, moi, et beaucoup... — répliqua la policière.

— Pourquoi ?

— Parce que je sais des choses que vous ignorez
celle-ci entre autres : — le scélérat que je soupçonne
se trouvait à Bruxelles il y a environ un mois... —
Il y arrivait après avoir quitté la Suisse... — Demain, d'ailleurs, nous saurons à quoi nous en tenir... — Copiez le nom et les détails qui s'y rap-
portent; vous irez à la préfecture de police et vous
prierez le chef de la sûreté de faire demander par
dépêche à l'un de nos agents si un passeport a été
délivré le 5 de ce mois à Jules Thermis, propriétaire, nécessairement connu à Bruxelles, et que
l'agent nous adresse sans délai, par voie télégraphique, les renseignements qu'il aura recueillis..

Jodelet prit note des détails consignés sur la

feuille du rapport et relatifs à Jules Thermis.

— Continuons-nous?... — demanda-t-il ensuite.

— Non... — J'achèverai seule ce travail. — Il est indispensable que vous voyiez ce soir même, soit le chef de la sûreté, soit le commissaire aux délégations judiciaires, soit le secrétaire de ce dernier, afin que la dépêche puisse partir demain matin à la première heure s'il est trop tard ce soir...

— Je vais me hâter... — dit Jodelet.

Il prit son chapeau et se dirigea vers la porte en ajoutant :

— Je serai à la préfecture à onze heures et demie...

— Quelle heure est-il donc?

— Onze heures précises.

— Alors vous allez me rendre un service. — Arrêtez-vous au coin de la rue Meslay et de la rue Saint-Martin. — Une voiture doit y stationner... — Vous vous approcherez de cette voiture et vous direz à la personne qui s'y trouve ces mots : — Monsieur le comte, *on vous attend.*

— Pas autre chose ?

— Non, pas autre chose. — Cette personne descendra aussitôt et vous l'amènerez ici.

— Pour rendre toute erreur impossible, dans l[e]
cas où par hasard il y aurait deux voitures, j'[ai]
besoin de savoir à quoi je pourrai reconnaître l[a]
personne en question...

— Vous la connaissez. C'est le comte Yva[n]
Smoïloff.

— Je vais le chercher.

Jodelet s'inclina et sortit.

Aimée Joubert se replongea dans l'étude de se[s]
rapports.

Elle n'y découvrit plus rien de suspect et elle e[n]
achevait la lecture quand on frappa à la porte a[u]
lieu de sonner.

La policière se leva pour aller ouvrir.

Sur le seuil se trouvaient le jeune Russe et l'agen[t]
de police.

Elle introduisit le Russe, tandis que Jodelet redes[]
cendait pour se rendre à la préfecture.

— Pardonnez-moi, monsieur le comte, dit-elle —
à son visiteur en lui avançant un siège auprès de l[a]
cheminée, — pardonnez-moi de vous avoir fai[t]
venir ici et à cette heure. Mais vous devez com[]
prendre qu'il importe d'entourer nos rapports d[u]
plus impénétrable mystère, dans le double bu[t]
de ne point attirer sur vous l'attention de vo[s]

ennemis, et de ne laisser soupçonner à âme qui
vive que je fais de nouveau partie de la police...

— Je sais combien sont honorables les motifs
qui vous font agir, — répliqua le comte, — et je
me tiendrai sans cesse à votre disposition...

— J'userai de votre bon vouloir, monsieur le
comte... — Non seulement j'attends de vous des
renseignements, des indications, mais encore je
vous destine en toute cette affaire un rôle capital...
— Ce que je ne pourrai faire, moi, vous le ferez.

— Parlez, madame, de quoi s'agit-il ?

X

— J'ai dit, — commença la policière, — j'ai dit et je répète que je soupçonnais Pierre Lartigues d'être mêlé d'une façon plus ou moins importante au double crime du Père-Lachaise et de la rue Montorgueil.

» Depuis hier j'ai réfléchi beaucoup, et ma conviction à ce sujet s'est de plus en plus affermie, quoiqu'elle ne repose, jusqu'à présent, sur aucune preuve matérielle...

» Je crois fermement que si nous parvenons à mettre la main sur ce scélérat, nous aurons vite ses complices... »

— En quoi puis-je vous aider ? — demanda le comte Yvan.

— Vous pouvez me renseigner... — On a dû vous donner le signalement exact de l'homme qui prétendait à Berlin s'appeler Franck Muller, sujet suisse, et qui en Suisse, à l'*Hôtel du Mont-Blanc*, a eu l'audace de se faire inscrire sous le nom de Lartigues.

— C'est facile... — Le signalement de Franck Muller à Berlin et celui de Lartigues à Genève sont identiques... — On désigne l'un et l'autre de ces deux hommes qui, je le crois, ainsi que vous, n'en font qu'un, comme ayant à peu près cinquante ans ; — taille moyenne, mais bien prise ; traits réguliers ; nez légèrement aquilin ; manières insinuantes ; très épris des plaisirs de la table et du jeu. — Voilà pour le physique et pour le moral...

— C'est lui ! c'est bien lui ! — fit Aimée Joubert ; le portrait est ressemblant... — Vous a-t-on parlé de ses cheveux ?

— Blancs et frisés, de même que sa barbe qu'il portait à Genève, mais non à Berlin.

— Il a toujours eu les cheveux frisés, seulement jadis ils étaint bruns, mais en vingt-cinq ans les cheveux blanchissent... — Et vous dites qu'à Bruxelles vous avez perdu sa piste ?

— A l'*Hôtel de Gand* où il s'était fait inscrire

sous le nom de Willams Thompson, sujet anglais...

— Et le signalement était le même ?

— Trait pour trait...

— C'est toujours notre Lartigues... — Il parlait plusieurs langues... — Je ne sais quel instinct m'avertit que le Thomson de l'*Hôtel de Gand* doit être le Jules Thermis de l'*Hôtel des Pays-Bas*...

— Mais alors vous seriez sur le point de l'atteindre ! ! — s'écria le Russe avec admiration.

— Oh ! l'atteindre, nous n'en sommes point encore là, monsieur le comte... — répondit Aimée Joubert. — Ce serait aller trop vite en besogne... Cependant, si j'apprends demain que je suis sur la vraie piste, j'aurai fait un grand pas.

— Chère madame — dit Yvan Smoïloff après un silence, — vous savez que je suis très riche.

— Sans doute... Mais quel rapport ? — murmura madame Rosier surprise...

— Laissez-moi continuer... — J'éprouve un si ardent désir de venger ma sainte mère et mon père bien aimé, j'attache une telle importance à la capture de Pierre Lartigues, que le jour où, grâce à vous, ce misérable sera entre les mains de la justice, je vous prierai d'accepter, non comme rémunération d'un service qui ne se peut payer, mais comme faible témoignage de ma gratitude, une somme de cinq cent mille francs...

— Oh ! monsieur le comte, — s'écria la policière, — une telle offre...

— Est bien au-dessous de vos mérites... — interrompit le jeune homme. — Vous n'êtes point ambitieuse, on me l'a dit, sans cela j'aurais doublé le chiffre... — Je suis prêt à le doubler.

— Le doubler... mais c'est déjà trop... la somme est énorme !

— Elle est modeste, au contraire... — Je vous jure qu'en refusant de l'accepter vous me blesseriez profondément... mais vous l'accepterez, n'est-ce pas ?

Un éclair brilla dans les yeux d'Aimée Joubert, non par cupidité — (que lui importait la fortune?) mais elle pensait à Maurice, qui se trouverait riche et dont elle aurait fait le bonheur.

— Eh bien, oui... — répondit-elle avec émotion. — J'accepterai... non pour moi, mais pour mon fils... — Vous aurez assuré son avenir, et toute ma vie j'en serai reconnaissante...

— Votre fils ?... — répéta le Russe. — Vous avez un fils ?

— Un bon et charmant jeune homme que j'adore

et qui me le rend de tout son cœur... Mais il ignore
que je suis sa mère...

— Vous me le ferez connaître...

— Si vous me le permettez, monsieur le comte,
j'aurai l'honneur de vous le présenter dès son
retour, car il est en voyage...

— Je vous le permets et je vous en prie. — Re-
venons maintenant à ce qui nous occupait tout à
l'heure... — Vous me réservez, avez-vous dit, un
rôle important?

— Oui.

— Quel est ce rôle ?

— Êtes-vous joueur ?

— Oui et non... — Je joue comme tout le monde,
dans l'occasion, pour ne point me singulariser,
pour qu'on n'ait pas le droit de croire que la perte
me fait peur, mais je n'aime pas le jeu...

— Il faudra cependant fréquenter les maisons
de jeu interlopes et les tripots clandestins ouverts
à Paris, et y jouer...

— Dans quel but?

— Dans le but d'y rencontrer Pierre Lartigues...

— Y viendra-t-il?

— Ce n'est pas douteux... — Il a toujours été
joueur, il l'est encore, on vous l'a dit... — Or, un

joueur est comme un amoureux, il braverait tous les périls du monde pour satisfaire sa passion... — Or, Lartigues ne pouvant être reçu dans les cercles honorables, fréquentera les tripots...

— Mais tous les cercles me sont ouverts à moi... Pour me présenter dans les tripots, quel prétexte ?

— Le plus simple du monde... — Vous êtes étranger... Vous voulez étudier les mœurs parisiennes et, afin que l'étude soit complète, vous allez partout...

— Soit ! Encore faudra-t-il cependant que quelqu'un m'introduise, sinon je serai suspect...

— Sans doute.

— Où trouver ce quelqu'un ?

— Vous devez avoir des amis *viveurs*, connaissant par cela même les *dessous* de Paris...

— Je n'ai qu'un seul ami à peu près intime, mais un vrai Parisien, celui-là, un boulevardier, un noctambule...

— Il se nomme ?

— Le vicomte Guy d'Arfeuilles...

— J'ai entendu parler de lui... C'est le guide qu'il vous faut, car il connaît en effet son Paris sur le bout du doigt. — Je vous remettrai du reste la liste des endroits qu'il faudra fréquenter.

— Vos instructions seront suivies à la lettre...

— Peut-être me rencontrerez-vous dans ces *enfers*, comme on dirait à Londres... — reprit Aimée Joubert.

— Vous, madame!!... — s'écria le comte Yvan.

— Parfaitement, mais si vous me reconnaissez, ce qui n'est point certain, il faudra que pas un tressaillement de votre visage ne l'indique... nous devons ne nous être jamais vus...

— Je m'en souviendrai et ne commettrai aucune imprudence...

— Maintenant, monsieur le comte, je vous rends votre liberté... — Nous n'avons aujourd'hui plus rien à nous dire, et je vais vous accompagner jusqu'à votre voiture...

Aimée Joubert s'enveloppa dans une ample pelisse, rabattit sur son visage une voilette épaisse et sortit de la maison avec le comte Yvan.

Celui-ci lui offrit de la reconduire à son logis.

Elle refusa, prit un fiacre, et arriva rue de la Victoire avec une fièvre violente, la fièvre qu'allumait dans son sang l'ardeur qu'elle mettait à suivre l'affaire mystérieuse dont Lartigues lui semblait la cheville ouvrière.

Deux choses surexcitaient cette ardeur et la

poussaient à son paroxysme : l'espoir d'atteindre enfin la vengeance si longtemps rêvée, et le désir de faire la fortune de Maurice.

— Ni repos, ni trêve ! — se disait-elle. — Il faut que cette fois je sorte victorieuse de la lutte !!

Le lendemain matin, à dix heures, elle arrivait rue Meslay.

Elle y fut bientôt rejointe par Jodelet.

Le costume et l'apparence du détective s'étaient complètement modifiés depuis la veille.

Il ressemblait maintenant à l'un de ces Belges épais, buveurs effrénés de faro, de lambick et de bière de Louvain, comme on en voit dans les brasseries de Bruxelles.

— Bien... — lui dit Aimée Joubert, — le déguisement est réussi...

— J'ai compris où vous alliez me conduire, — répliqua l'agent, — et j'ai pensé qu'il serait utile d'entrer dans la peau d'un Belge.

— Ceci prouve votre intelligence... — Nous aurions certainement le droit d'aller interroger carrément à l'*Hôtel des Pays-Bas*, et il faudrait bien nous répondre, mais il est mille fois préférable qu'on ne sache pas qui nous sommes... — La dépêche est-elle partie ?

III.   6

— Cette nuit... par ordre supérieur... — Nous aurons la réponse avant ce soir...

— Avez-vous un journal dans votre poche? — demanda la policière.

— Le *Petit Journal*, oui... — Pourquoi?

— Asseyez-vous et, en m'attendant, lisez-le pour vous distraire...

— Vous me quittez donc?

— Je vous quitte, mais mon absence ne sera pas longue.

Aimée Joubert passa dans la pièce que nous pouvons désigner sous le nom de chambre aux costumes.

Au bout de dix minutes elle en sortit, Belge de la tête aux pieds et tenant à la main un sac de voyage.

Elle formait avec Jodelet un couple dont l'authenticité bruxelloise paraissait indiscutable.

— Pristi, savez-vous, — fit le détective en riant et avec un accent de terroir merveilleusement imité, — nous arrivons de Bruxelles en Brabant, par le train, pour une fois...

— Et de ce matin, sais-tu, monsieur... — répliqua madame Rosier avec un accent qui n'avait pas moins de saveur et de naturel que celui de son partenaire. — Nous pouvons partir...

— Je suis prêt...

Vingt-cinq minutes après, un fiacre déposait les prétendus Belges devant la porte de l'*Hôtel des Pays-Bas*, rue de Grammont.

Jodelet et Aimée Joubert descendirent et franchirent le seuil de la porte cochère.

XI

Un garçon vint à la rencontre des arrivants.

— C'est bien chez toi l'*Hôtel des Pays-Bas* pour une fois, sais-tu, monsieur? — lui demanda Jodelet avec un accent et un sérieux aussi incomparables l'un que l'autre.

— Oui, monsieur, c'est ici... — répondit le garçon... — Monsieur et madame viennent sans doute habiter l'hôtel? — ajouta-t-il.

— Oui... oui... pour quelques jours... — fit Aimée Joubert.

— Nous avons des appartements très confortables, — commença le garçon, — et madame, ainsi que monsieur...

— Oui... oui... — interrompit la policière. — Mais nous voudrions savoir d'abord, savez-vous, si c'est bien ici qu'est descendu un ami à nous qui nous a enseigné votre hôtel, pour une fois, et qui doit s'y trouver encore...

— Un Belge?

— Oui, de Bruxelles.

— En Brabant, — ajouta Jodelet.

— Ne serait-ce point M. Heymann, votre ami?

— Non.

— Comment s'appelle-t-il, alors?

— Il s'appelle Jules Thermis...

— Parfaitement... parfaitement... M. Thermis... un monsieur très bien... un propriétaire de Bruxelles... avec des cheveux frisés tout blancs, qui lui donnent l'air plus vieux qu'il ne l'est...

— C'est cela même... voilà le portrait de notre ami, savez-vous... — Est-il encore ici?

— Non, madame. M. Thermis nous a quittés... il est parti...

— Depuis quand?

— Depuis quatre jours.

— Juste quatre jours?

— Quatre ou cinq... je ne me souviens pas au

6.

juste, mais je pourrais vous le dire exactement en consultant le livre.

— Retournait-t-il à Bruxelles, pour une fois? — demanda Jodelet.

— Oh! non, monsieur,..

— Comment le savez-vous?

— Je suis allé chercher une voiture et il a fait charger ses bagages pour la gare de Lyon.

Jodelet et madame Rosier échangèrent un rapide coup d'œil.

— Ah! c'est fâcheux, c'est bien fâcheux, savez-vous! — s'écria la policière d'un ton dolent. — Nous comptions si bien le voir! Il nous avait dit qu'il resterait au moins un mois à Paris.

— Il devait en effet y rester assez longtemps, car il avait loué un appartement entier pour avoir toutes ses aises... — dit le garçon. — Mais il a reçu la visite de deux personnes à qui j'ai indiqué son numéro... et le jour même il a pris le parti de s'en aller...

— Deux personnes que nous connaissons probablement si elles sont de ses amies... — fit Aimée Joubert.

— Je ne sais pas, moi, madame... — répliqua le garçon. — Je ne les avais jamais vus venir... — C'était un abbé et un jeune homme...

— Un abbé !... — répéta Jodelet.

— Eh ! oui, tu sais bien, pour une fois, son cousin, l'abbé Gulden, le desservant de la rue Esquermoise... — interrompit Aimée Joubert, qui trouvait maladroit de manifester le moindre étonnement.

Elle poursuivit :

— Le second visiteur était un jeune homme blond, n'est-ce pas ?...

— Ça, madame, je ne pourrai pas vous le dire... — Il faisait sombre dans l'escalier... Je l'ai à peine entrevu et il est monté quatre à quatre pour frapper au 17, l'appartement qu'occupait M. Jules Thermis...

— Cet appartement est-il libre, pour une fois ?

— Oui, madame...

— Eh bien ! nous nous en arrangerons... Puisqu'il plaisait à notre ami, il doit nous plaire... — Veuillez nous y conduire... — Nous en prendrons possession d'abord, savez-vous, et nous retournerons ensuite au chemin de fer chercher nos malles...

Jodelet ne s'expliquait pas bien ce que se proposait madame Rosier en prenant l'appartement, mais il ne pouvait que l'approuver.

Le garçon alla chercher une clef dans le bureau et guida les pseudo-Belges au second étage, où nous savons que se trouvait l'appartement occupé pendant douze jours par Pierre Lartigues.

Il ouvrit.

— Tout est en ordre, — dit-il, — et si par hasard il manquait quelque chose, monsieur ou madame n'auraient qu'à sonner... — Il y a toujours des gens de service dans les escaliers.

— Nous voulons seulement nous laver les mains et nous retournerons au chemins de fer pour nos bagages.

Le garçon les laissa seuls.

A peine la porte se fut-elle refermée derrière lui qu'Aimée Joubert s'élança vers un meuble dont elle examina successivement tous les tiroirs.

— Faites comme moi, Jodelet... — dit-elle en même temps, — visite domiciliaire minutieuse... — Il s'agit de voir si rien d'intéressant n'a été oublié ici...

Le policier comprit alors pourquoi madame Rosier avait voulu pénétrer dans l'appartement.

Il se mit en devoir d'explorer les armoires.

Leurs recherches, si consciencieuses qu'elles fussent, ne devaient amener aucun résultat.

Les tiroirs et les placards étaient absolument
vides.

— Qu'espériez-vous trouver? — demanda Jodelet.

— Eh ! le sais-je ?... Un rien, peut-être, qui dans
nos mains eût été beaucoup... un fragment de
lettre quelconque... Une enveloppe déchirée indi-
quant une adresse...

— Êtes-vous sûre que ce Jules Thermis soit bien
l'homme que vous soupçonnez ?

— Oui... — Le signalement qui m'a été donné
par le garçon est exactement le sien...

— Devinez-vous quel est le prêtre qu'il a reçu
avec le jeune homme ?

— Pas le moins du monde... c'est un point que
nous éclaircirons plus tard... — Seulement il me
paraît certain que l'abbé était un faux prêtre.

— Enfin, ce Jules Thermis nous file entre les
doigts.

— Ce n'est point prouvé...

— Mais puisqu'il a quitté Paris...

— Qu'en savez-vous ?

— Les bagages ont été conduits à la gare de
Lyon.

Aimée Joubert se mit à rire.

— Un vieux truc, mon cher Jodelet ! — répliqua-
t-elle. — Il a dû faire porter ses malles à la consigne et une heure après aller les reprendre.

— C'est ma foi vrai !

— Soyez tranquille... nous nous en assurerons...
— Maintenant nous pouvons partir... — Notre
visite à l'*Hôtel des Pays-Bas* n'aura point été inutile, puisqu'il en est résulté pour moi la preuve
que notre homme avait des complices.

La policière et Jodelet descendirent.

Madame Rosier entra au bureau pour reporter
la clef et mit une pièce de dix francs dans la main
du garçon ébahi.

— Nous allons au chemin de fer, vous savez... —
fit-elle. — Dans une petite heure nous serons reve-
nus, pour une fois.

Alléché par les façons généreuses de la nouvelle
cliente, le garçon éprouva une déception profonde
en ne la voyant pas revenir.

— Caprice de femme... — pensa-t-il. — Oh ! les
femmes !... créatures mobiles et frivoles !

A cent pas de l'hôtel, Aimée Joubert dit à Jodelet :

— Mon ami, nous allons nous séparer...

— Qu'aurai-je à faire ?

— Vous irez tout de ce pas à la légation belge savoir si on a réellement visé un passeport au nom de Jules Thermis il y a une douzaine de jours... Moi, pendant ce temps, je tâcherai de suivre la piste de mon coquin... — Ce soir, à six heures, nous nous retrouverons rue Meslay.

Jodelet fit le salut militaire et partit de son pied léger tandis que madame Rosier, gardant la voiture, se fit conduire à la gare de Lyon, côté du départ, et alla droit au bureau de la consigne.

L'employé était seul.

Elle l'aborda, lui montra sa carte de la préfecture et lui expliqua qu'elle avait mission de rechercher les traces d'un malfaiteur dangereux.

Il était impossible d'agir autrement, car l'employé, croyant avoir affaire à une simple curieuse, aurait certainement refusé de répondre.

En présence de la carte il se mit à ses ordres, mais son bon vouloir ne devait avoir aucun résultat utile.

A la consigne, on délivre des centaines de bulletins par jour contre des bagages déposés, mais sans prendre de noms, sans s'occuper des voyageurs, qui le plus souvent se déchargent de cette corvée sur les commissionnaires de l'administration.

Aimée Joubert ne put obtenir le moindre renseignement.

En vain elle décrivit Pierre Lartigues et parla de ses cheveux blancs frisés.

— Eh ! madame, — répliqua l'employé après s'être creusé la cervelle sans résultat, — comment voulez-vous que je me souvienne ? — Nous voyons tant de monde !

Ceci constituait pour la policière un échec des plus graves.

Le fil conducteur qu'un instant elle avait cru tenir, était brisé, perdu...

Où le retrouver ? — où le ressaisir ?

Aimée se rendit, la tête basse, à la préfecture, où elle apprit au chef de la sûreté ses démarches et sa déconvenue.

Cette déconvenue, d'ailleurs, n'amenait point à sa suite le découragement mais au contraire une surexcitation fiévreuse.

Plus le succès devait être difficile à conquérir, plus elle tenait à la réussite, comme ces généraux qui sur les champs de bataille, en face de forces supérieures, se jurent d'être victorieux.

— Mon avis, chère madame, — lui dit le chef de la sûreté après l'avoir écoutée très attentivement, — est qu'il faut chercher d'un autre côté.

— Pourquoi ?

— Parce qu'il ne me semble nullement prouvé que ce Jules Thermis soit Pierre Lartigues...

— Ah ! c'est bien lui ! — s'écria madame Rosier.

— La réponse de Bruxelles vous en donnera la preuve... — J'ai perdu sa piste, mais il faudra que je la retrouve, ou je ne serais plus l'*OEil-de-Chat!*...

XII

— Admettons que ce soit en effet Pierre Lartigues... — reprit le chef de la sûreté qui ne semblait
nullement convaincu, — quel peut être ce prêtre
vrai ou faux dont on signale la visite à l'*Hôtel des
Pays-Bas?*

— Je n'en sais rien... — répondit Aimée Joubert.

— Et ce jeune homme?

— Je ne le devine pas... Jusqu'à présent je suis
en pleines ténèbres... mais, soyez tranquille, la lumière sera faite... je m'en charge.

— Votre conviction est que Lartigues, — si
c'est lui qui se cache sous le nom de Jules Thermis) — n'est point parti par le chemin de fer de
Lyon, le 21 décembre?

— C'est ma conviction absolue... — Quel qu'ait été le rôle de ce misérable dans l'affaire dont il s'agit, cette affaire doit le préoccuper vivement...
— Je regarde comme inadmissible qu'il ait quitté Paris...

En ce moment un employé entra dans le cabinet.

Il apportait une dépêche.

— Voilà sans doute la réponse que nous attendons... — dit le chef de la sûreté... — Ce doit être de notre agent à Bruxelles...

— C'est probable, en effet... — répliqua la policière. — Il n'aura pas perdu de temps... — Lisez vite, je vous en prie.

Le magistrat décacheta la dépêche.

— Eh bien ?... — demanda madame Rosier, dont la voix tremblait d'impatience.

— C'est parfaitement de lui... — Écoutez.

Et le chef de la sûreté lut à haute voix :

« *Aucun passeport n'a été délivré à Bruxelles au nom d'un Jules Thermis qui n'est qu'un personnage imaginaire, puisqu'il se prétend domicilié à Ixelles où il est inconnu. — Donc, faux passeport, adroit coquin.* »

— Décidément vous aviez raison... — ajouta-t-il.

— Oui, — s'écria violemment Aimée Joubert avec un accent où se mêlaient la colère et le triomphe. — Oui, j'étais sur la bonne voie... je tenais la piste... et le misérable m'a échappé! Heureusement rien n'est perdu et, dussé-je risquer vingt fois ma vie pour arriver au but, je vous livrerai Pierre Lartigues!

— Qu'allez-vous faire?

— Je ne le sais pas encore... Mon esprit travaille... je cherche... je calcule... je combine... Mais l'inspiration viendra et j'aboutirai, je le jure!...

La policière prit congé et se rendit chez le photographe de la préfecture.

On tirait des épreuves du bouton de manchette.

Comme on avait eu soin de faire plusieurs clichés, une centaine de cartes étaient déjà prêtes.

Aimée Joubert donna l'ordre de les envoyer immédiatement au chef de la sûreté, afin qu'elles fussent distribuées sans retard aux bijoutiers de Paris.

L'un d'eux reconnaîtrait sans doute le bouton et pourrait donner des renseignements sur la personne à laquelle la paire avait été vendue.

Madame Rosier se trouvait à jeun.

Elle entra dans un restaurant, se fit servir un déjeuner très simple, puis regagna l'appartement de
la rue Meslay.

Là, étendue dans un grand fauteuil, elle se mit
à chercher la marche qu'il fallait suivre, étudiant
soigneusement la liste remise par Jodelet et com-
prenant les noms de tous les anciens forçats enfer-
més en ce moment dans les prisons de Paris, soit
en qualité de prévenus, pour de nouveaux crimes,
soit condamnés pour récidive et attendant leur
transfert dans les maisons centrales.

— Avec ceux-là, — se disait-elle, — je ne saurais
rien, ou fort peu de chose... — Ils ne sont point
de la musique... Ils ne parleront pas...

Dans l'argot des agents et des malfaiteurs on appelle *musiciens* les libérés qui se font dénonciateurs,
révélateurs, et qui donnent d'utiles renseignements
à la police en répétant ce qu'ils ont entendu dire
en prison par leurs codétenus.

Ces libérés sont employés souvent par la préfecture pour reconnaître et filer certains bandits qui
se trouvent à Paris en rupture de ban, ou à la suite
d'une évasion, et qui se cachent dans les bas-fonds.

A côté de *la musique* existent ceux que dans le
même argot on nomme les *moutons.*

La spécialité de ces derniers est de capter la confiance des inculpés, de les faire causer, de s'emparer de leurs secrets, et de transmettre soit au chef de la sûreté, soit au juge d'instruction, les confidences et les aveux qu'ils ont provoqués.

Ce sont des êtres de la pire espèce, absolument dignes de mépris, mais d'une immense utilité.

La police, bien souvent, a dû la découverte de grands coupables à l'espionnage provocateur exercé par eux dans les prisons.

Aimée Joubert ne se dissimulait point qu'elle n'avait quoi que ce soit à attendre de ces méprisables auxiliaires.

Ceux qui se trouvaient aux gages de la préfecture en ce moment ne savaient absolument rien, car, dans le cas contraire, ils auraient déjà parlé pour gagner la gratification qui leur est acquise lorsqu'ils font capturer un criminel.

Madame Rosier jeta la première liste et prit celle que Martel y avait jointe et qui contenait les noms des voleurs émérites non soumis à la surveillance officielle, mais que les agents de la sûreté avaient mission de ne point perdre de vue.

Sur cette liste, — nous croyons l'avoir déjà dit, — se trouvaient les noms de *Galoubet* et de *Sylvain*

Cornu, au sujet desquels la policière s'absorba dans de longues réflexions dont nous connaîtrons le résultat.

A six heures elle était encore assise auprès du bureau, la tête dans ses mains, creusant son plan comme un auteur dramatique construit son scénario, et cherchant à percer le mur qui se trouvait devant elle.

Le moment du rendez-vous assigné à Jodelet et à Martel approchait.

Les deux agents furent exacts.

A la minute précise où les horloges du quartier sonnaient six heures, ils se présentaient ensemble à la porte de la rue Meslay, quoi que arrivant de deux points différents.

Jodelet s'était rendu à la légation de Belgique pour y prendre des renseignements.

Un passeport au nom de Jules Thermis avait été visé le 8 du mois, — passeport indiscutablement faux, puisqu'il n'avait point été délivré à Bruxelles où on ne connaissait aucun Thermis.

Martel rendit ensuite compte de sa mission.

Il revenait les mains vides.

Ayant constaté l'existence d'une bouche d'égout presque en face de l'endroit où la voiture du loueur

Binet avait fait halte rue Montorgueil, Martel avait sollicité et obtenu du commissaire de police du quartier l'ordre de faire explorer l'égout.

Les résultats de l'exploration étaient nuls, ainsi que ceux des recherches minutieuses opérées dans les environs.

Les deux agents, ayant la conscience que tout allait mal, ne regardaient point la policière et évitaient même de se regarder entre eux.

Madame Rosier se leva.

— A demain, messieurs... — leur dit-elle, — à la préfecture... à l'heure du rapport...

C'était un congé en règle...

Jodelet et Martel saluèrent et partirent aussitôt.

Aimée Joubert se laissa retomber sur son fauteuil et s'absorba de nouveau dans ses réflexions.

*
* *

Que devenait Maurice tandis que madame Rosier, — sa mère, — s'acharnait à trouver la piste de l'assassin du Père-Lachaise et de ses complices ?

Le matin du jour fixé pour son départ, s'étant levé de bonne heure, il avait bouclé sa valise et s'était fait conduire à un restaurant voisin de la préfecture de la Seine où il devait prendre le relevé de l'acte de naissance de Simone.

A dix heures, après un déjeuner solide, il se présentait au bureau de l'état civil où on lui remettait la pièce en question dûment légalisée.

Muni de cette pièce il se rendit au chemin de fer de Paris-Lyon-Méditerranée et attendit l'heure du train qui le déposerait à Joigny.

De Joigny, une voiture publique devait le conduire à Vic-sur-Braisnes, but de son voyage.

Parti de Paris à midi, il arrivait à trois heures à Joigny.

Une antique diligence attendait les voyageurs munis de correspondances.

Cette diligence le déposa à cinq heures à Vic-sur-Braisnes, où elle relayait à l'*Hôtel du Cheval-Rouge* avant de partir pour Clamecy, point extrême de son parcours.

Il faisait nuit noire, bien entendu, car en décembre les journées sont courtes.

Maurice entra au *Cheval-Rouge* et demanda si l'on pouvait lui donner une chambre.

On aurait pu lui en donner une demi-douzaine, l'auberge, en cette saison, étant généralement vide.

7.

Une grosse servante, non moins accorte que joufflue, le conduisit à la pièce qu'il devait occuper, et qui se recommandait par une irréprochable propreté beaucoup plus que par l'élégance de l'ameublement.

XIII

Maurice se lava le visage et les mains, mit sa valise dans un coin et descendit au rez-de-chaussée
où, dans la cuisine, près des fourneaux, il trouva la
maîtresse de la maison, madame veuve Huret.

— Je m'occupe de votre dîner... — lui dit-elle.
— Vous aurez un potage gras, une tanche à la
meunière, un bifteck aux pommes, une omelette
aux rognons et des écrevisses... — Pour dessert
une tarte aux confitures, du fromage et des raisins
conservés... — Ça vous convient-il ?

— Parfaitement, — répliqua Maurice ; — voilà
un menu qui me fait venir l'eau à la bouche...

— Il fait froid, monsieur... — Dînerez-vous dans
la petite salle, ou voulez-vous qu'on mette votre

couvert ici, dans la cuisine, près de la cheminée qui flambe?

Maurice n'hésita point.

La cuisine était en réalité une grande salle commune dont les fourneaux n'occupaient qu'une faible partie et d'où la maîtresse du *Cheval-Rouge* ne sortait guère, ce qui lui permettrait d'entamer facilement avec elle une conversation suivie.

— Je dînerai ici, — dit-il. — La vue de ce bon feu me sera très agréable pendant mon repas.

La grosse servante mit le couvert sur une petite table à côté de de la cheminée flambante.

— Monsieur, quel vin boirez-vous? — reprit la veuve Huret.

— Quel est votre meilleur?

— Nous avons du vin de la côte Saint-Jacques qui a six ans d'âge et trois ans de bouteille... Tous ces messieurs les voyageurs le trouvent excellent...

— Donnez-moi donc une bouteille de Côte-Saint-Jacques.

L'hôtel, ou plutôt l'auberge du *Cheval-Rouge* était le lieu de descente habituel des voyageurs de commerce, mais la fin de décembre est une morte-saison, et voilà pourquoi Maurice se trouvait seul chez madame veuve Huret.

Celle-ci, qui reconnaissait à première vue tous ses clients, était certaine de loger le nouveau venu pour la première fois, et se demandait quel pouvait être cet étranger qui avait plutôt l'air d'un homme du monde, d'un Parisien riche et élégant, que d'un commis en nouveautés ou en quincaillerie.

Depuis feu notre arrière-grand'mère, Ève la blonde, les femmes sont curieuses, on le sait.

Madame veuve Huret l'était plus que pas une, aussi résolut-elle de découvrir au plus vite quelle branche de commerce ou d'industrie représentait l'arrivant.

Tout en allant et venant autour des fourneaux, qu'elle ne dédaignait point de surveiller elle-même, elle demanda d'un air indifférent :

— C'est la première fois sans doute que monsieur vient dans notre pays, car je n'ai pas encore eu le plaisir de voir monsieur.

La conversation s'engageait tout naturellement.

Maurice en fut enchanté et s'empressa de répondre :

— Oui, madame, et je le regrette, car ce pays me paraît très beau, et pourtant, dans la saison où nous sommes, les paysages les plus pittoresques perdent les trois quarts de leur charme...

— Eh bien ! monsieur reviendra voir nos cam-
pagnes au printemps ou en en été... — Elles·en
valent la peine, je vous assure... — Il y a des
peintres parisiens qui se rendent ici tout exprès
pour en tirer des copies... — Nous avons eu même
des photographes... Ainsi jugez !...

— Rien ne m'étonne moins...

— Monsieur est le représentant d'une maison
de commerce?... — poursuivit la veuve Huret, allant à son but par le plus court chemin.

— Non, madame.

— Monsieur voyage pour son plaisir ?

— Pas tout à fait.

— Pour affaires, alors ?

— Oui, madame, et j'y pense... peut-être pourrez-vous me donner un renseignement utile...

— Si c'est possible, je le ferai avec bien du plai
sir... — Voilà votre potage, monsieur. — De quoi
s'agit-il ?

— Connaissez-vous, à Vic-sur-Braisnes ou dans
les environs, une certaine madame Charvet?...

— Charvet? — répéta la veuve. — Il y a beaucoup
de Charvet dans le pays... Les Charvet sont même
mes parents... Mais de quelle branche parlez-
vous?

— Je n'en sais absolument rien... — Ce potage
est excellent...

— Tant mieux que vous le trouviez bon... — Si
vous connaissiez le prénom de la femme Charvet
dont vous voulez avoir des nouvelles, cela pourrait
certainement me guider pour vous répondre...

— Je connais ce prénom... — Elle se nommait
Claudine...

— Une femme qui recevait des enfants en nour-
rice?

— C'est bien cela, oui, madame...

— Parfaitement... parfaitement... — Une très
honnête personne... Tous les Charvet d'ailleurs
sont honnêtes... — Je la voyais presque tous les
jours quand elle habitait Vic-sur-Braisnes.

— Ne l'habite-t-elle donc plus? — demanda vivement Maurice.

— Voilà près de cinq ans qu'elle l'a quitté, monsieur... depuis la mort de son mari...

— Et maintenant, elle demeure?

— Oh! pas loin d'ici... Dans un petit village qui
s'appelle Pusy...

— A quelle distance?

— Quatre kilomètres tout au plus, trois quarts
d'heure de chemin à pied... monsieur pourra aller

jusque-là demain en se promenant, la route est tout unie, et avec la gelée il fait bon marcher.

— J'irai certainement demain...

— Comment monsieur trouve-t-il la tanche?

— Incomparable!

— Ça ne m'étonne pas... notre ruisseau est renommé pour les tanches et les écrevisses... — Est-ce que monsieur voudrait proposer un nourrisson à Claudine Charvet?

— C'est mon intention, si elle s'occupe encore d'élever des enfants.

— Toujours, monsieur... au biberon, bien entendu.

— Elle ne doit plus être jeune ?...

— Une cinquantaine d'années, pas davantage.

— Elle est pauvre, sans doute?

— Excusez-moi, monsieur... — Claudine, sans être riche, est fort à son aise... — Elle a du bien au soleil sur le territoire de Vic et sur celui de Pusy, la maison qu'elle habite est à elle... Et tout cela gagné honnêtement... — C'est une brave femme, Claudine, et qui n'a qu'un seul tort...

— Lequel?

— C'est d'avoir une fille qui fait la cocotte à

Paris, et qui depuis la mort de son père n'a point donné signe de vie...

— C'est fâcheux assurément, — répliqua Maurice, — mais ce n'est pas la faute de madame Charvet...

— Aussi je ne songe guère à le lui reprocher...

— Monsieur, voici votre bifteck.

— Sa mine est réjouissante... — Vous me donnerez en même temps une seconde bouteille de ce vin de la côte Saint-Jacques dont vous aviez raison de vanter les mérites.

La grande salle de l'auberge du *Cheval-Rouge* servait de lieu de réunion aux bonnes gens de Vic-sur-Braisnes, qui venaient le soir y jouer aux cartes en buvant de la bière.

Quelques consommateurs arrivèrent et la conversation fut interrompue, à la vive satisfaction de Maurice qui n'avait plus rien à apprendre.

Il avait quitté son lit plutôt que de coutume et la fatigue résultant du voyage se faisait sentir.

Son repas fini, il prit du café, but deux ou trois petits verres de kirsch, fuma un cigare au coin du feu et monta se coucher.

Le lendemain, à neuf heures du matin, il était debout.

Après avoir solidement déjeuné et fêté de nouveau le vin de la côte Saint-Jacques, qu'il trouvait
décidément excellent, il sortit de l'auberge et se
renseigna sur le chemin conduisant à Pusy.

Un paysan le lui indiqua, et en trois quarts
d'heure il arriva au village ou plutôt au bourg
qu'habitait Claudine Charvet.

Ce bourg offrait l'image d'une solitude absolue.

Le froid très vif retenait les villageois à l'intérieur, où ils s'occupaient à battre les grains.

Le tapage des coups de fléaux et le tic-tac régu-
lier des mécaniques frappaient les oreilles du
voyageur.

Une petite neige fine couvrait la terre.

Un vigneron embusqué derrière une haie guet-
tait, un fusil à la main, des moineaux perchés sur
un toit de chaume, espérant qu'ils viendraient
picorer une poignée de grains d'avoine, répandue
par le chasseur à l'affût pour les attirer.

Le bruit des pas de Maurice lui fit tourner la
tête. — La braconnage étant un délit, et l'inconnu
pouvant être une autorité quelconque, il cacha
son fusil derrière la haie et quitta son poste.

Maurice l'aborda.

— Monsieur, — lui dit-il, — pourriez-vous m'indiquer la demeure de madame Claudine Charvet?

— Oui, monsieur, — répondit le vigneron, — c'est tout au bout du bourg... — Nous n'avez qu'à marcher droit devant vous... — Quand vous verrez à gauche une cour dans laquelle sont plantés quatre gros noyers, vous entrerez dans cette cour et vous serez chez Claudine Charvet...

— Merci, monsieur...

— Il n'y a pas de quoi... tout à votre service...

Maurice se remit en marche.

Le vigneron retourna derrière la haie et reprit son fusil et son affût.

Au bout de dix minutes le jeune homme arrivait en face de la cour aux noyers.

Il traversa cette cour et frappa doucement à la porte de la maison, assez grande et bien bâtie, située entre cour et verger.

A droite se trouvaient une grange, des étables et un vaste hangar sous lequel se voyaient des instruments aratoires de toutes sortes, condamnés au repos par la saison rigoureuse.

Ces instruments prouvaient jusqu'à l'évidence que Claudine possédait *du bien au soleil*, ainsi que l'avait affirmé la maîtresse du *Cheval-Rouge*.

XIV

Maurice avait frappé doucement.

On ne lui répondit pas.

Il heurta de nouveau plus fort.

— Entrez !... — cria une voix depuis l'intérieur.

Il franchit alors le seuil d'une très grande pièce et vit en face de lui une cheminée de pierre grise où pétillait un feu de sarments.

Devant cette cheminée se roulaient deux marmots joufflus, à figures rubicondes, surveillés par une paysanne de cinquante ans environ et par une jeune fille qui pouvait en avoir seize et offrait un type de laideur absolue.

A l'apparition d'un inconnu, la paysanne se leva.

Les marmots peureux se sauvèrent dans un coin en regardant l'intrus en dessous d'un air effaré.

La jeune fille, — qui n'était autre que la servante de Claudine Charvet, — alla s'asseoir près d'une fenêtre et continua son travail consistant à ravauder des bas d'enfant avec de la grosse laine.

— Qu'est-ce que vous désirez, monsieur ? — demanda la paysanne.

A cette question Maurice répondit par une autre question.

— C'est bien à madame Charvet que j'ai le plaisir de parler ? — fit-il.

— Claudine Charvet, c'est moi-même...

— Vous habitiez il y a cinq ans Vic-sur-Braisnes ?...

— Oui, monsieur... — Qu'y a-t-il pour votre service ?...

Maurice jeta un coup d'œil sur la jeune servante et répliqua :

— Mon Dieu, madame, j'ai à vous parler d'une affaire sérieuse, et je désirerais être seul avec vous...

Ce début intrigua fortement madame Charvet.

Elle regarda le nouveau venu avec une sorte de défiance, mais comme il avait bonne mine et qu'il

était vêtu d'une façon *cossue*, — (pour emprunter
une locution à son vocabulaire), — elle n'hésita pas
longtemps et dit à la jeune paysanne :

— Geneviève, prends les deux marmots et va chez
Mathieu Girard... — Tu le préviendras que, s'il
cuit demain, nous lui enverrons du pain à *enfour-
ner*...

Pour toute réponse la servante fit entendre un
grognement sourd et partit avec les deux enfants.

Claudine apporta près du feu une chaise basse et
pria Maurice de s'asseoir, puis elle débuta par cette
demande adressée régulièrement par les habitants
des vignobles à toute personne qui entre dans leur
maison.

— Vous prendrez bien un verre de vin?...

— Non. Merci, madame ; j'ai déjeuné à Vic-sur-
Braisnes, — répondit le jeune homme...

Et il s'assit.

Madame Charvet en fit autant de l'autre côté de
la cheminée, jeta une brassée de sarments sur
les vieux landiers de fer poli, et poursuivit :

— Vous disiez donc, monsieur, que vous aviez à
me *causer* de quelque chose de sérieux ?...

— Oui, madame...

— Pour lors, de quoi s'agit-il ?

— D'une enfant qui vous a été confiée... — On voudrait savoir ce que cette enfant est devenue.

— Une enfant qui m'a été confiée... — répéta Claudine. — Ça ne m'apprend pas grand'chose... — J'en ai eu tant en garde, des enfants, depuis le temps, qu'il faudrait me dire duquel il est question...

— D'une petite fille qui s'appelait Simone.

— Simone ! — s'écria Claudine... — C'est de Simone que vous voulez parler ?... — De cette petite qui m'a été apportée un soir qu'il faisait un temps de chien, en novembre de l'année 1854...

La figure du visiteur s'illumina.

— Je vois que vous avez bonne mémoire et je vous en félicite... — fit-il en souriant ; — c'est en effet le 17 novembre de l'année 1854 que la petite Simone, qui avait trois jours à peine, fut remise dans vos mains avec une somme de trente mille francs...

En entendant énoncer ce chiffre, madame Charvet ne put cacher son émotion vive.

Elle frissonna de la tête aux pieds, et sans lever la tête elle regarda sournoisement son interlocuteur dont le sourire lui semblait sinistre quoiqu'il n'exprimât que le contentement.

Malgré son trouble, le sang-froid ne lui fit point
défaut. — Elle eut soin de ne rien répondre relativement aux trente mille francs.

— C'était le 17, oui, monsieur, — dit-elle au bout
d'un instant, d'une voix qu'elle s'efforçait d'affer-
mir. — Je m'en souviens comme d'avant-hier. Il
était neuf heures du soir... on n'aurait pas pu dis-
tinguer dans la rue sa main droite de sa main gauche tant la nuit était noire... — la pluie tombait
comme l'eau d'une écluse... — le vent soufflait si
fort qu'on aurait dit des hurlements de bêtes sauva-
ges... Moi, mon pauvre homme, ma fille — (en
prononçant ces deux mots : MA FILLE, Claudine pâlit) — et deux moutards que j'avais en garde, nous
faisions la veillée au coin du feu... — La porte s'ouvrit tout à coup, sans qu'on eût frappé, et un particulier que nous n'avions jamais vu entra dans la
chambre.

» Dame! vous comprenez, quand on ne s'attend
à rien... Ça me fit peur... — Je me levai en pous-
sant un cri.

» Mon homme, en m'entendant crier, sauta sur
une fourche pour me défendre, mais le premier
geste du particulier nous rassura. — Il écarta son
manteau d'où l'eau ruisselait comme si on l'avait

trempé dans la rivière, et il en sortit une enfant soigneusement emmaillotée.

— C'était Simone, — interrompit Maurice.

— Oui, monsieur... — *Voilà une petite fille qui n'a ni père ni mère...* — me dit l'individu au manteau, *elle est inscrite à Paris sur les registres de l'état civil... Elle se nomme Simone... Je vous la confie... Ayez-en soin...Je viendrai la voir...* — Et, après avoir causé un moment avec mon mari, il repartit malgré la pluie, quoique nous lui ayons bien poliment offert de passer la nuit chez nous...

Claudine passait sous silence le dépôt de trente mille francs effectué en même temps que la remise de l'enfant.

Il lui était évidemment fort désagréable de s'occuper de ce détail.

Maurice fronça le sourcil.

— Eh bien, madame — dit-il — je viens vous demander ce qu'est devenue Simone...

— Hélas! monsieur — répliqua la matrone, — voilà tantôt cinq ans que je n'ai pas eu de ses nouvelles...

— Comment cela? — s'écria le jeune homme pris d'une soudaine angoisse — Ne l'avez-vous donc pas gardée près de vous?

III.   8

— Non, monsieur.

— Mais on vous avait laissé trente mille francs
pour l'élever... — Avec une partie de cette somme
vous pouviez lui faire apprendre un métier et l'é-
tablir modestement.

— On l'a fait élever, monsieur, et bien élever, je
vous en réponds... Elle sait lire, écrire et compter
comme le notaire de Vic-sur-Braisnes... on lui a
fait apprendre un métier... celui de couturière, et
ce qu'elle est adroite de ses mains, vous ne pouvez
pas vous le figurer!... Mais la jeunesse, ça a des idées
à soi et ça ne veut en faire qu'à sa tête... — En
entendant des filles de chez nous qui étaient en
service à Paris dire que Paris c'était magnifique et
qu'une fois qu'on l'avait vu on ne pouvait plus vivre
ailleurs... elle est partie un beau matin avec ma
fille... ma propre fille... sa sœur de lait...

— Bref, Simone vous a quittée ?

— Hélas oui!... ça nous a fait assez de chagrin!

— Et vous l'avez laissée partir?

— Le moyen de l'en empêcher, s'il vous plaît?
— Je n'étais point sa parente, je n'avais pas droit
sur elle...

— Lui avez-vous au moins donné de l'argent?...

— Eh! de l'argent, monsieur! quel argent ?... —

En dix-sept ans une jeunesse ça mange, ça boit, ça
s'habille !... Des trente mille francs il ne restait plus
un radis... Nous étions plutôt du nôtre...

— Nous traiterons cette question plus tard... —
Répondez-moi d'abord...

— A quoi, monsieur ?

— Simone est à Paris ?...

— Oui, monsieur... — Elle est partie voilà cinq
ans et demi... six mois avant la mort de mon pauvre
mari...

— Vous savez ce qu'elle fait à Paris ?

— Je l'ai su par ma fille pendant quelques mois...
une année environ... Mais depuis ce temps je n'ai
pas de nouvelles. — Ma fille s'est brouillée avec
Simone et elles ont cessé de se voir.

— Où demeurait Simone à cette époque ?

— Elle était employée commme couturière dans
un magasin de confections... mais je ne sais pas
où... — C'était ma fille qui me parlait d'elle dans
ses lettres.

— Simone ne vous a jamais écrit ?

— Jamais !...

— C'est bien singulier !...

— Singulier, pourquoi, monsieur ? Qu'y-a-t-il
d'étonnant à cela ?

— Une enfant à qui vous aviez servi de mère pendant dix-sept ans devait vous aimer comme si elle
était de votre famille... — Son indifférence à votre
égard, indifférence complète dont son silence est
la preuve indiscutable, me paraît incompréhen-
sible... — Auriez-vous donc brutalisé cette enfant?
— Vos mauvais traitements auraient-ils été la
cause d'un départ précipité qui ressemblait à une
fuite ?...

— Des mauvais traitements ! Miséricorde ! — fit
Claudine Charvet d'une voix gémissante en levant
les yeux et les mains vers le plafond. — Brutaliser
la pauvre chère créature ! — Si c'est seulement
Dieu possible de le supposer !... — Ah non ! par
exemple !... — Elle était si mignonne et si gentille !...
— Qui donc qu'aurait eu le courage de lui faire du
chagrin ?... — Elle avait bien eu *quéques* mots avec
mon cher mari défunt, mais sans malice... —
Ça n'est point ça qui lui a donné l'idée de filer,
allez !

— Bref, — demanda Maurice qui souhaitait avec
ardeur trouver un indice dans les réponses de Claudine. — Bref, vous ne savez pas ce qu'elle fait en ce
moment?

Madame Charvet secoua la tête.

— Ni où elle demeure? — poursuivit le jeune
homme.

— Je n'en sais absolument rien.

— Mais vous pourriez le savoir?...

— Comment?...

— Par votre fille... — Puisque votre fille est à
Paris, écrivez-lui... Dites-lui qu'on a dans ce moment le plus grand intérêt à retrouver Simone. —
Quoique brouillée avec sa sœur de lait, elle ne refu-
sera pas de se mettre à sa recherche, elle aura
peu de peine à la retrouver et vous enverra son
adresse...

XV

Madame Charvet se mit à sangloter.

— Eh ! mon Dieu, qu'avez-vous? — s'écria Maurice ne se souvenant plus de la confidence faite à Vic-sur-Braisnes par la veuve Huret, maîtresse de l'auberge du *Cheval-Rouge*.

— Ma fille, — balbutia au milieu de ses larmes, de vraies larmes, Claudine, secouée par une émotion poignante. — Ma fille ! mais, monsieur, je ne sais seulement pas où elle est à cette heure, ni ce qu'elle devient. — Voilà trois ans qu'elle ne m'a point écrit ! — Une enfant que nous avions si bien élevée... qui en savait autant que Simone et même davantage... qui était plus belle fille que quiconque

et plus fûtée que n'importe qui ! — Ah ! monsieur,
comment aurais-je pu me figurer qu'elle tourne-
rait mal ?

— Êtes-vous sûre qu'elle a mal tourné ? — fit
froidement Maurice que cette douleur maternelle,
touchante cependant, laissait très calme.

— Que trop sûre, monsieur... — Après avoir
changé de condition cinq ou six fois en deux ans,
elle s'en est laissé conter par un de ses patrons...
il en est résulté un enfant qu'elle eut l'impudence
de m'envoyer à nourrir à Vic-sur-Braisnes... —
Heureusement il est mort un mois après... — Depuis
ce temps je n'ai plus eu de nouvelles de Jeannette,
— (elle s'appelait Jeannette), — au moins direc-
tement.

— Mais vous en avez eu d'une autre manière ?

— Oui, monsieur...

— De quelle façon ?

— Le fils du notaire de Vic-sur-Braisnes est un
jeune particulier qui fait sauter les écus de son
papa... — Il va de temps en temps à Paris faire ses
cascades... — Il y est allé il n'y a pas longtemps
et comme il me connaît de longue date, et ma fille
aussi, il est venu me raconter qu'il l'avait rencontrée un soir dans un grand café des boulevards avec

une bande de *cocodès*, comme il dit, et qu'elle ne
s'appelait plus Jeannette, mais Octavie, la belle Octavie...

Maurice sauta sur sa chaise.

— Octavie... la belle Octavie!!... — s'écria-t-il.
— C'est bien ce nom-là que le fils du notaire a entendu.

— Oui, monsieur...

— Et il ne s'était point trompé en croyant reconnaître votre fille ?

— Oh ! non, monsieur, il ne pouvait pas se tromper... — Il connaît Jeannette depuis le temps où
elle était toute petite, et quelques jours avant son
dernier voyage à Paris il a encore vu chez nous son
portrait en photographie qu'elle nous avait envoyé
avec celui de sa sœur de lait Simone... — Je l'ai
gardé, monsieur, ce portrait, quoique la malheureuse ne mérite plus la tendresse de sa mère... je
le garderai toujours... mais je le cache dans mon
armoire... s'il était accroché sur la muraille, ça me
ferait honte...

— Voulez-vous me le montrer ? — demanda
Maurice.

— Eh ! mon Dieu, monsieur, pourquoi pas, puisque je vous ai dit ce qu'il en était...

Tout en parlant, Claudine avait quitté sa chaise.

Elle ouvrait une haute et large armoire à deux vantaux pleins, dans laquelle elle cherchait les photographies dont elle venait de signaler l'existence.

Maurice se sentait plus agité qu'il ne le voulait paraître.

Le nom d'Octavie lui causait une émotion vive.

Cette Jeannette, enfant légitime de Claudine Charvet, était-elle véritablement Octavie sa maîtresse ?

Il n'avait jamais eu l'idée de demander à la jolie fille son état civil véritable, et de plus il savait que ces demoiselles changent volontiers de nom quand celui qu'elles ont reçu de leur famille et de leur parrain ne leur semble pas suffisamment harmonieux.

Octavie et Jeannette pouvaient n'être qu'une seule femme.

La photographie allait l'édifier à cet égard.

Si la belle Octavie était bien Jeannette, sans doute elle n'avait point perdu de vue complètement Simone, tout en se brouillant avec elle et, grâce aux renseignements qu'elle pourrait donner, on retrouverait sans peine l'héritière d'Armand Dharville.

Claudine avait pris au fond d'un tiroir un vieux portefeuille de cuir jaune.

Elle en sortit une enveloppe de lettre ; de cette enveloppe elle tira deux portraits-cartes, puis elle se mit à sangloter de nouveau en contemplant les traits de sa fille.

— La voilà, monsieur... — dit-elle ensuite en larmoyant, — la voilà... Regardez comme elle est jolie...

Maurice prit la carte que lui présentait la matrone.

C'était une bonne épreuve sortant des ateliers d'un photographe en réputation.

Du premier coup d'œil il reconnut son amie.

— Allons, — se dit-il, — c'est bien elle... tout est pour le mieux.

— En effet — reprit-il à haute voix, c'est une très belle personne et je comprends qu'à Paris elle a dû trouver de nombreux adorateurs... C'est sans doute ce qui aura perdu la pauvre enfant, trop jeune pour· résister aux tentations de l'amour, du luxe et du plaisir. — C'est un peu votre faute, madame... — Vous n'auriez pas dû laisser partir

votre Jeannette pour la cité perverse, pour la *Ba-
bylone moderne* où la vertu des filles d'Ève court de
si grands dangers... — Et sans doute, hélas ! Simone aura comme elle oublié ses devoirs.

Lartigues et Verdier auraient assurément souri
de bien bon cœur en entendant Maurice émettre
avec un aplomb superbe des aphorismes de haute
moralité, et parler de la *Cité perverse* et de la *Ba-
bylone moderne.*

Il était incomparable dans ce rôle si peu fait
pour lui.

Claudine essuya ses yeux rouges et balbutia :

— Ah! si mon pauvre défunt m'avait écouté, ni
Jeannette ni Simone ne seraient parties... J'avais
le droit, puisqu'elles n'étaient majeures ni l'une
ni l'autre... Je pouvais les faire ramener par la
gendarmerie... Mais, qu'est-ce que vous voulez?
On est faible... On ne peut pas prévoir que les
choses tourneront mal...

— Ainsi, — reprit Maurice, — l'autre portrait est
celui de Simone?...

— Oui, monsieur...

— Montrez-le moi, je vous prie...

— Le voici... — Bien sûr elle n'est pas mal,
Simone, mais pas le quart aussi jolie que ma fille...

Maurice prit la photographie.

— Merveilleuse tête ! — pensa-t-il, puis il ajouta tout haut : — Voulez-vous me céder ce portrait, madame ?

— Vous le céder ?... — répéta Claudine.

— Oui.

— Qu'en voulez-vous faire ?

— Il m'aidera dans les recherches que je vais être obligé d'entreprendre pour retrouver Simone dont vous ne pouvez m'indiquer la demeure à Paris... — Il est donc juste, puisque vous possédez son image, que vous me la remettiez afin de faciliter la tâche que votre négligence coupable m'impose à cette heure... — Si vous aviez mieux gardé Simone, je n'aurais pas besoin de la chercher.

Le langage autoritaire et le ton rogue de Maurice en imposèrent à madame Charvet.

— Vous croyez qu'avec cette photographie vous pourrez savoir ce qu'est devenue Simone ? — demanda-t-elle humblement.

— Je l'espère... J'en suis sûr...

— Mais alors, moi, avec l'autre portrait, je retrouverais peut-être Jeannette ?

— Pourquoi non ?

— Paris est si grand...

— Paris a beau être grand... une personne dont on possède le portrait fidèle ne saurait échapper longtemps à des recherches intelligentes...

— Eh bien ! monsieur, prenez donc la photographie de Simone, et puissiez-vous m'écrire un jour qu'elle me pardonne de n'avoir pas empêché feu mon mari de la laisser partir !

— Vous reconnaissez donc à cette heure que vous avez eu des torts ?

— Pas moi, monsieur, mais mon pauvre défunt...

— Vous savez que vous êtes responsable de cette enfant, car vous étiez payée pour la garder, pour veiller sur elle...

— Eh ! c'est bien ce misérable argent qui a tout fait... — Feu mon homme avait peur qu'on vienne lui demander des comptes...

— Mais je pourrais en exiger aujourd'hui, moi, et votre mari calculait bien mal, car si la femme qui avait eu confiance en vous vivait encore, elle serait venue, depuis longtemps déjà, vous demander ce que vous avez fait de son enfant...

Claudine tremblait.

De grosses gouttes de sueur perlaient sur son front.

— Maurice continua :

III.   9

— Souvenez-vous, madame, que j'ai le droit de vous demander compte des trente mille francs qu'on vous a laissés, il y a vingt-deux ans, et de l'existence de Simone !... — Si je la cherche en vain, je reviendrai ici faire valoir ce droit et vous contraindre à retrouver vous-même l'enfant dont vous aviez la garde ! ! — Quant à présent, je veux bien agir seul... — Je veux bien même ne point m'occuper de l'argent qui vous a servi, j'en suis certain, à acheter la maison où nous sommes et le petit domaine qui l'entoure... Mais je ne ferai cela qu'à une condition...

— Laquelle, monsieur ? Laquelle ?... — demanda Claudine en joignant les mains.

— C'est que, quoi qu'il arrive, vous ne révélerez à qui que ce soit le véritable motif de ma visite ici... à qui que ce soit, vous m'entendez ?... — A cette condition je pourrai ne vous réclamer ni les comptes d'argent ni Simone elle-même.

— Ah ! monsieur, je vous jure d'obéir !... — s'écria madame Charvet.

— Si on vous demande ce que je suis venu faire dans votre demeure, que répondrez-vous ?

— Je répondrai que vous êtes venu m'offrir un

nourrisson, mais qu'en ayant déjà deux, je n'ai pu
accepter...

— Cette explication est admissible... N'en cherchez pas d'autre...

— Ah ! monsieur, je n'aurai garde !...

— Puisqu'il en est ainsi, c'est bien.

— Maintenant, — reprit Claudine timidement,
— maintenant c'est moi qui voudrais vous demander quelque chose...

— Quoi? — Parlez vite... — Il se fait tard et il
faut que je vous quitte...

— Je ne retarderai votre départ que de quelques
minutes... — Vous retournez à Paris ?

— Oui.

— Je pourrais vous donner l'adresse de la dernière
maison où ma fille a servi... — En vous informant
dans cette maison, vous pourriez peut-être savoir
où elle est; quand vous l'aurez trouvée, peut-être
que par elle vous trouveriez Simone... et alors...

Maurice devina sans peine la pensée de la veuve.

— Et alors, — interrompit-il, — je pourrais vous
écrire ce qu'est devenue votre fille Jeannette, devenue *la belle Octavie* dans le monde galant parisien... — Est-ce bien cela, ma chère madame
Charvet?...

XVI

Claudine avait les yeux pleins de larmes.

— Oui... oui... — balbutia-t-elle en joignant de nouveau les mains. — C'est cela... C'est bien cela... Ça ne vous donnera pas beaucoup de peine, monsieur, et ça me rendra si heureuse... Car je l'aime toujours, voyez-vous, moi !... — Elle a beau avoir mal tourné, c'est ma fille... — Elle n'ose peut-être pas me dire ce qu'elle est aujourd'hui, et si je lui écrivais que je lui pardonne, elle me répondrait sans doute.

— Je ferai ce que vous me demandez... — dit Maurice. — Je le ferai pour vous... — En cherchant Simone je chercherai aussi votre fille...

— Vous me le promettez ?...

— Je vous le promets...

Maurice ne voulait point apprendre à madame

Charvet sa liaison avec Octavie, il lui fallait se résigner, par conséquent, à écouter ses explications.

— Oh ! merci, monsieur, merci ! — s'écria Claudine, — vous êtes bon... ça se voit sur votre figure...

— Je vais donc vous dire où Jeannette était en place il y a trois ans...

Retournant à l'armoire elle reprit le portefeuille d'où elle avait tiré les photographies, elle le rouvrit et en tira plusieurs lettres qu'elle tendit à Maurice en lui disant :

— Voici ses lettres... lisez vous-même, car, moi, je ne sais pas lire... Dans une il y a l'adresse...

Le jeune homme prit une des lettres, l'ouvrit et lut la date :

— 15 mars 1873... — Est-ce cela ?

— C'est bien la dernière, monsieur... l'adresse doit s'y trouver.

Maurice parcourut d'un œil distrait l'épître dont l'écriture et l'orthographe étaient connues de lui depuis longtemps.

Arrivé à la fin de la seconde page, il exprima la surprise la plus profonde.

— Vous avez trouvé ? — lui demanda Claudine.

— Oui... — répondit-il, les yeux toujours fixés sur le bas de la feuille.

— Voulez-vous me lire, afin que je vous dise si c'est bien ça...

Le jeune homme lut à haute voix :

— « *Ma chère maman, tu peux m'écrire à ma nouvelle adresse, chez monsieur Ludovic Bressolles, rue de Verneuil, numéro 25.* »

— C'est parfaitement ça... — reprit madame Charvet.

Nos lecteurs ont déjà compris l'étonnement de Maurice.

Il était venu à Vic-sur-Braisnes chercher Simone qu'il n'y trouvait point, et un hasard singulier, mais parfaitement explicable en somme, lui donnait une indication précieuse, cherchée vainement à Paris.

Son voyage amenait des résultats considérables.

Il tenait la piste de l'une des héritières d'Armand Dharville dont la fortune de plus de douze millions appartiendrait à lui et à ses associés, si les deux héritières avaient cessé de vivre au jour fixé pour le partage de la succession.

Nous savons depuis longtemps que Maurice possédait un très grand empire sur lui-même.

Si vives qu'eussent été la surprise et l'émotion du premier moment, il ne tarda point à reprendre son sang-froid.

— Je vais copier cette adresse... — dit-il à Claudine, — elle me sera certainement très utile.

Et il l'inscrivit en effet sur son agenda.

A ce moment, la jeune servante rentrait avec les deux marmots.

Maurice quitta madame Charvet en lui promettant de nouveau de la tenir au courant de ses démarches, et reprit la route de Vic-sur-Braisnes où il trouva la voiture de Joigny prête à partir.

Il y monta.

Trois heures après il s'installait à Joigny dans le train qui devait le ramener à Paris.

Il avait hâte de rendre compte à Pierre Lartigues et à Verdier des résultats de sa mission, et surtout de questionner Octavie dont il connaissait maintenant l'origine, et qui devait, selon toute vraisemblance, le mettre sur la trace de Simone.

Arrivé à Paris dans la soirée il ne fit que passer chez lui, rue de Navarin, pour y changer de toilette, et se rendit au logis d'Octavie. — Il était trop tard pour se présenter rue de Suresnes avec chance d'y trouver le capitaines Van Broecke.

Octavie était chez elle.

Maurice lui fit passer sa carte.

Un domestique qui ne le connaissait pas — (Oc-

tavie venait de renouveler entièrement sa maison)
— apporta cette réponse :

— Madame ne reçoit pas ce soir...

Le jeune homme insista vainement.

Il se heurta contre une consigne infranchissable
et dut se retirer fort désappointé en maudissant le
comte Yvan, en l'honneur de qui, sans doute, Octavie donnait cet consigne.

*
* *

La rue des Fossés-Saint-Victor est une de celles
que la pioche des démolisseurs n'a point entièrement transformées.

On y peut aujourd'hui encore retrouver bon
nombre de maisons du vieux Paris.

Au rez-de-chaussée de l'une de ces antiques demeures existe un établissement borgne de marchand de vin restaurateur, à plafond bas, à murailles noircies et écaillées par places.

Là, on débite à la portion bœuf, légumes, et le
plat du jour que prépare une maritorne plus grais-
seuse que ses fourneaux.

Les yeux de la police sont sans cesse ouverts sur
cet établissement que fréquente une clientèle de
gens sans aveu, et qui doit son enseigne : AU PE-

TIT BLEU, à la renommée d'un certain liquide tellement âpre qu'il ronge, ainsi que pourrait le faire un acide, les toiles cirées clouées sur les tables en guise de nappes.

Ce liquide se compose de mauvais vin de Suresnes et d'Argenteuil coupé de gros vin de Narbonne.

Nombreux sont les buveurs auxquels cet effroyable mélange paraît au-dessus de tout éloge.

L'établissement comporte trois pièces.

D'abord celle où se trouvait le comptoir et où trônait le propriétaire, Vincent Bellavoine, surnommé le *père Grincheux* à cause de l'aménité de son caractère.

Bellavoine, doué d'une maigreur qui lui permettrait de faire concurrence au plus réussi des squelettes d'un musée d'anatomie, n'admettait aucune plaisanterie sur son physique, ni même aucune allusion à sa diaphanéité prodigieuse.

Dans la seconde pièce se dressaient les fourneaux.

On y voyait une demi-douzaine de tables crasseuses où chaque jour des ribambelles d'affamés venaient se gorger d'une nourriture exécrable, mais dans des prix doux.

La troisième pièce, enfin, était un cabinet garni

9.

de deux tables seulement et qui, tendu d'un papier
à six sous le rouleau, recevait les consommateurs
les plus *chics*, ceux dont la bourse était la mieux
garnie et qui désiraient ne point se mêler aux *gens
du commun...* — On l'appelait le *cabinet des ministres*.

Un bec de gaz éclairait chaque pièce, mais fai-
blement car le père Grincheux, un homme avisé
et économe, ne tournait les clefs qu'à demi, ce qui
produisait des papillons maigres et pâles.

Quelques-uns des voisins de Bellavoine le préten-
daient riche, affirmant que s'il continuait le métier c'était par goût et par habitude.

D'autres soutenaient au contraire, que de fausses
spéculations à la Bourse l'avaient ruiné à plate cou-
ture, et qu'il ne lui restait même plus l'argent nécessaire pour blanchir à la chaux les murailles
noircies de son taudis et renouveler le papier du
cabinet des ministres.

Entre ces deux affirmations contradictoires ceux
que la chose intéressait pouvaient choisir à leur gré.

Nous savons la vérité, nous, et nous allons la dire.

Le père Grincheux avait gagné de l'argent toute
sa vie, et s'était bien gardé d'en perdre à la Bourse,
mais il voulait en posséder plus encore...

XVII

De même que tous les avares, l'honorable cabaretier, quoique sa fortune acquise dépassât de beaucoup ses besoins, ne se trouvait pas assez riche.

Il se plaisait à entasser des écus sur des écus, et des gros sous sur des gros sous, et ne pouvait se décider en outre à quitter un établissement créé par lui, où il trônait depuis trente ans dans une omnipotence absolue.

Sachant à merveille à quelles catégories sociales appartenait la majeure partie de sa clientèle, il n'avait nul souci de la moralité des gens qu'il nourrissait et qu'il abreuvait, pourvu qu'ils ne sollicitassent point de crédit, — crédit rigoureusement refusé d'ailleurs.

Bref, il mettait en pratique le vieux proverbe :
— *Payez et vous serez considérés.*

La police venait souvent chez lui prendre des renseignements.

Il ne facilitait d'aucune façon ses recherches, mais d'autre part il ne se prêtait à rien de déshonnête.

— Ce qui se passe hors de chez moi ne me regarde pas... — avait-il l'habitude de dire.

Et, comme Ponce-Pilate, il ajoutait :
— Je m'en lave les mains...

Au moment où nous conduisons nos lecteurs au cabaret du *Petit-Bleu*, il pouvait être huit heures du soir.

Toutes les tables étaient garnies de consommateurs de genres variés, tanneurs, chiffonniers, marchands d'habits, musiciens ambulants des deux sexes, tous clients de bourse maigre et de gros appétit.

Les prix du père Grincheux étaient de nature à les satisfaire sous ce double rapport.

La portion de viande accommodée en ragoût coûtait vingt centimes.

On avait pour deux sous une copieuse assiette de légumes et pour seize sous un litre de vin.

Dans le jour, les trois pièces composant l'établissement étaient éclairées tant bien que mal par des fenêtres à guillotine à petites vitres extérieurement garnies de solides barreaux de fer.

Une porte étroite percée dans la muraille de la pièce du fond, — le cabinet des ministres, — s'ouvrait sur la rue du Bon-Puits dont le cabaret du *Petit-Bleu* occupait l'encoignure ; mais en prévision des gens peu délicats qui pourraient s'esquiver sans payer, cette porte était habituellement fermée à clef.

Les deux tables du cabinet des ministres étaient occupées.

A la première, se trouvaient deux consommateurs qui semblaient ne reculer devant aucune dépense et s'offraient, pour parler le langage de l'endroit, un *balthazar* complet, amplement arrosé.

Leur menu était aussi varié que le permettait la carte du jour de l'établissement.

Soupe au bouillon gras, bœuf en hachis, omelette au lard, gibelotte de lapin, etc., se succédaient dans leurs assiettes, tandis que les litres se vidaient avec une admirable rapidité.

A la seconde table trois individus prenaient un repas plus simple, tout en causant avec leurs deux voisins.

La conversation roulait sur le crime du Père-Lachaise, au sujet duquel les causeurs se livraient à mille commentaires, suppléant ainsi à l'absence de renseignements des journaux qui, ne recevant de la préfecture aucune communication, gardaient un silence prudent.

Les deux consommateurs au menu mirifique ne sont pas tout à fait des inconnus pour nos lecteurs, qui n'ont aucune peine à deviner les inséparables, Galoubet et Sylvain Cornu.

Le vin du père Grincheux leur avait délié la langue et, quoique se montrant réservés au sujet de certains détails, ils se livraient à haute voix à des commentaires singuliers.

— Moi, — disait un des trois dîneurs attablés auprès d'eux, — moi je crois que cette affaire là va être enterrée comme tant d'autres... — On *classera* le dossier et il n'en sera plus question... — Ça doit être des particuliers de la haute qui ont fait le coup... — Des *escarpes* ordinaires n'auraient pas joué de la lardoire dans un tombeau et dans une voiture... — Qu'est-ce que tu penses de ça, Galoubet ?

— Je pense que ça se pourrait bien, — répondit le personnage ainsi interpellé, — mais je crois aussi qu'il n'y avait pas que des gens de la haute dans l'affaire... il doit y avoir des *surineurs à la redresse* qui tripotaient ça de longue date...

— C'est aussi mon avis, — appuya Silvain Cornu en dodelinant de la tête. — Si on a saigné l'homme et la femme qui sont présentement sur les dalles de la Morgue, j'ai dans ma folle idée que ça doit être pour quelque chose d'épatant.

A cette minute précise une femme d'une cinquantaine d'années, coiffée d'une marmotte, le nez fortement vermillonné, un vieux châle noué autour de la taille, châle dont les deux bouts tombaient par derrière sur une robe en tartan à carreaux blancs et noirs, chaussée de brodequins à semelles énormes constellées de clous, et portant sur l'épaule quelques effets d'habillements, ce qui indiquait sa profession, ouvrit la porte du cabinet et montra son profil aux dîneurs.

— Y a-t-il une place par ici pour une dame, mes agneaux? — demanda-t-elle d'une voix éraillée. — C'est plein par là...

— Certainement, la petite mère... — répondit avec galanterie l'un des trois hommes assis à la table principale. — Entrez donc... — Le beau sexe n'est jamais de trop et vous en êtes un échantillon flatteur... Sans compter que si vous aviez un pardessus à me bazarder dans des prix doux, nous en profiterions pour faire un peu de commerce...

— Je t'arrangerai pour le mieux, mon gros poulot... — répondit en riant la marchande de vieux habits. — Tu m'as l'air d'un bon zig... — Fais-moi une petite place à ta gauche... côté du cœur...

Puis se tournant vers la seconde pièce, où se trouvaient les fourneaux, la nouvelle venue glapit avec les sons rauques d'une crécelle :

— Servez-moi dans le cabinet une omelette nature, un ragoût aux pommes et une chopine.

Ses ordres donnés, elle referma la porte et vint prendre la place que lui avait ménagée à côté de lui le consommateur à qui elle trouvait *l'air d'un bon zig.*

Ce consommateur était un long et maigre garçon de vingt-trois ou vingt-quatre ans, aux joues pâles et tirées, aux lèvres violettes, aux yeux caves entourés d'un cercle de bistre.

Une toux sèche et presque continuelle permettait de le classer dans la catégorie des pauvres dia-

bles de poitrinaires destinés à disparaître à la prochaine chute des feuilles.

Il venait de subir deux années d'emprisonnement
à la maison centrale de Poissy.

— Eh! bien, mon bichon, — fit la marchande en
déposant près d'elle, sur un coin du banc, les effets
en paquet qui chargeaient son épaule, — qu'est-ce
que tu me disais qu'il te faudrait? Un pardessus...
quelque chose de chaud?... — Il est sûr et certain
que, par ce temps de grosse gelée, ça serait meilleur pour toi que c'te blouse de toile d'araignée à
travers laquelle le froid doit passer ferme... — mais
pour le moment, par malheur, je n'ai pas ça... rien
que des gilets et des pantalons...

— Tant pis... nous aurions fait affaire...

On apporta l'omelette et le ragoût demandés, ac-
compagnés d'un morceau de pain de deux sous et
d'une chopine de vin dans un petit pot de grès d'un
gris bleuâtre.

Tout en causant et en s'installant, la marchande
d'habits avait jeté son regard sur Galoubet et Sylvain Cornu, qui finissaient leur gibelotte et *séchaient*
leur quatrième litre.

— Ce sont parfaitement mes gaillards... — se dit-
elle. — Je les reconnais !

Nos lecteurs, de leur côté, ont sinon reconnu du moins deviné Aimée Joubert, sous l'un de ces travestissements qui la rendaient méconnaissable, même pour ses collaborateurs de la sûreté.

Elle se versa à boire, trinqua avec ses trois voisins, avala l'affeux breuvage d'un seul trait... sans faire la grimace, et attaqua bravement les mets placés devant elle.

— Vous avez un joli coup de fourchette... — dit l'un des dîneurs.

— Ne m'en parlez pas, mes enfants ! — répliqua-t-elle... — J'ai *mes estomacs* dans mes talons !... — une vraie fringale !... — Figurez-vous que depuis ce matin, dix heures, je ne me suis rien mis sous la dent... — pas une minute à moi...

— Alors, le commerce ça va fort ?

Aimée Joubert prit une physionomie piteuse et répondit :

— Ah ! mais non, ça ne va pas fort... ça va mal... ça va même très mal... Les costumes complets à trente-cinq francs, et même au-dessous, en vrai drap, nous coupent l'herbe sous le pied... et on en fabrique maintenant de tous les côtés...

Galoubet, qui n'aimait rester longtemps silencieux, se hâta d'intervenir.

— Eh! eh! ça a du bon, — dit-il; — avec un *complet* de trente-cinq francs on a l'air d'un *poisseux* tout à fait chic... on épate les dames.

— Oui, — répliqua la policière, — mais c'est à nos dépens... — On ne veut plus de notre marchandise, à moins que nous n'en fassions cadeau à la pratique...

— Achetez-vous le neuf? — demanda Sylvain Cornu.

— J'achète tous les objets généralement quelconques qui concernent mon commerce, — fit la pseudo-marchande la bouche pleine, — et je suis bonne fille, mes enfants; je ne demande pas à voir la facture du tailleur qui a livré, ni à payer à domicile... — C'est commode pour mes vendeurs.

— Elle est *à la redresse*... — s'écria le poitrinaire avec un éclat de rire qui amena une formidable quinte de toux.

— Faut bien tâcher de s'en tirer comme on peut, puisque les confectionneurs nous coulent... — Chacun pour soi, pas vrai, en ce bas monde?

— Eh bien! — reprit Galoubet, — tout à l'heure il y aura peut-être moyen de moyenner quelque chose...

— Quand vous voudrez, ma vieille, — répondit

Aimée Joubert tranquillement, — et si l'affaire est de conséquence, quoique les temps soient durs les *roues de derrière* ne se feront point attendre, ni même les jaunets... — A votre santé, camarades!

— A la vôtre!...

Madame Rosier s'était versé une nouvelle ration de vin bleu.

Les six verres des deux tables se choquèrent les uns contre les autres, et furent vidés en même temps.

Après avoir bu, la policière tira de sa poche un numéro du *Petit Journal* et le déplia.

— Eh! eh! la petite mère, — dit un de ses trois voisins en riant, — paraîtrait que vous en avez assez de notre conversation et que vous allez donner la préférence aux feuilles publiques... Ça vous intéresse donc, la politique?...

XVIII

Aimée Joubert haussa les épaules en répliquant :

— La politique !... oh ! la ! la ! mes petits agneaux, je m'en soucie comme d'une guigne !!! Depuis que je lis les journaux, et il y a longtemps, ce qui ne me rajeunit pas, que ce soit blanc, bleu, rouge ou noir, c'est toujours la même façon de dire : — *à toi, z'a moi la paille de fer !!!* — Non ! non ! pas de politique... — Je lis le feuilleton et tout ce qui à rapport aux accidents, aux incendies, aux vols et aux assassinats... — J'aime ça, moi... plus il y en a, plus ça m'amuse... Oh ! eh ! garçon, une autre chopine de petit bleu... du même, et qu'il soit meilleur.

Le père Grincheux venait de jeter son coup d'œil dans le cabinet.

Il apporta lui-même la *chopine*.

— Comme ça, ma petite mère, les crimes compliqués, ça vous plaît à lire?... — fit l'un des dîneurs.

— C'est ma folie...

— Alors vous devez suivre l'affaire du Père-Lachaise?...

La pseudo-marchande d'habits dissimula de son mieux un tressaillement, tandis qu'une lumière joyeuse brillait dans ses yeux.

Les quelques mots qui venaient d'être prononcés allaient la conduire droit à son but.

— Ah! mes enfants, — s'écria-t-elle en joignant les mains et en donnant à son visage une expression d'épouvante, — en voilà une affaire!... — Rien que d'y penser ça me donne la petite mort dans le dos... Croyez-vous! un homme et une femme!... Tous les deux presque en même temps... dans une tombe et dans un fiacre... — L'escarpe qui a fait ça est un rude lapin... il avait bigrement bien combiné la chose...

— Ça ne l'empêchera pas d'être *fauché*... — répliqua le poitrinaire.

— Fauché!... — répéta la policière en regardant Galoubet et Sylvain Cornu. — Pour ça, faudra d'abord qu'on le pince...

— Oh! ça lui arrivera un jour ou l'autre... — dit Galoubet.

— Et comment qu'on le pincerait? — demanda madame Rosier.

— Qu'on reconnaisse seulement l'un des deux corps qui sont à la Morgue, et ça donnera bien vite la piste...

— Vous croyez ça?

— Parbleu ! — Je ne suis pas si mariolle que les mouches de la sûreté, et cependant je me chargerais bien de réussir l'opération.

— Mais, — répondit vivement Aimée Joubert, — je m'étais laissé dire qu'il avait été reconnu, l'homme de la Morgue... à preuve que c'était un ancien soldat qui était devenu valet de chambre d'un grand personnage.

Galoubet se mit à rire aux éclats.

— Ah! par exemple, en voilà une bien bonne!!! — s'écria-t-il, — un soldat, celui-là! un valet de chambre chez un de la haute!!! ce n'est pas une bêtise, non, c'est que je tousse!!! — Taisez votre grelot, la petite mère! le défunt a été soldat comme

moi, et valet de chambre comme vous êtes marquise ! ! !

Les prunelles de madame Rosier étincelèrent de
nouveau.

— Vous le connaissiez donc, vous, pour en savoir
si long sur son compte ? — demanda-t-elle de l'air
le plus ingénu.

Sylvain Cornu venait d'allonger par-dessous la
table à Galoubet un coup de pied formidable qui
pouvait se traduire par ces mots :

— Enragé bavard, te tairas-tu ?...

Galoubet comprit.

Il ne se fit aucune difficulté pour s'avouer à lui-
même que son copain avait raison, qu'il venait de
commettre une imprudence, et il tenta de la ré-
parer.

— Eh ! non, je ne le connais ni d'Ève ni d'A-
dam... — répondit-il ; — si je le connaissais je
serais allé faire ma déclaration... — Chacun a son
idée, pas vrai ? la mienne est que le particulier ne
ressemble ni peu ni beaucoup à un ci-devant soldat ou à un ex-valet de chambre...

— Bon... bon... — pensait Aimée Joubert, —
essaye de te raccrocher aux branches, mon gar-

con... — Tu connais l'homme, j'en suis certaine,
et il faudra bien que tu parles...

Elle ajouta tout haut, en se versant un nouveau
verre de vin bleu.

— Enfin, que le pauvre diable ait été n'importe
quoi, il faut convenir qu'il n'a pas eu de chance
de venir se faire couper le sifflet en arrivant à
Paris...

— Ça, c'est positif... — dirent toutes les voix. —
Pas de chance pour un sou!...

Un silence suivit ces paroles.

La conversation semblait finie.

Cela ne faisait aucunement le compte de la policière.

Elle reprit, en pliant son journal et en le met-
tant dans sa poche :

— Je lirai les détails ce soir, quand je serai
couchée... — ça me donnera le cauchemar, et
j'adore ça...

— Tous les goûts sont dans la nature... — murmura Galoubet. — Moi, j'aime mieux rêver que
je pince un rigodon avec un beau brin de fille...

— Dites donc, mon mignon, — fit la pseudo-
marchande, — voulez-vous que nous causions de
votre affaire?...

— Quelle affaire? — demanda Galoubet.

— Celle dont vous avez touché deux mots... — les frusques à bazarder...

— Parfaitement... mais il est trop tard... — à la lumière vous ne pourriez pas vous rendre compte.

— Si c'est du neuf, j'acheterais bien sans avoir vu au grand soleil...

— Non, j'aime mieux demain...

— A votre aise... — Faudra-t-il aller chez vous?

— Ah! mais non, par exemple!... — Nous logeons dans un garni... Les cloisons sont minces, vous savez, et je tiens peu à ce que les voisins soient dans mes confidences... C'est même pour ça que je ne vous conduis pas chez moi ce soir.

— Compris. — Eh! bien, ous'qu'on se verra, mon fiston?

— Ici, si vous voulez.

— Ça me va.

— J'apporterai le baluchon.

— Quand?

— Demain matin.

— A quelle heure?

— A huit heures... — On tuera le ver en séchant une fiole de petit blanc guinguet...

— Je serai exacte et, pour vous prouver que je
tiens à nouer des relations commerciales avec
vous, je paye une tournée ce soir à toute la société...

Et madame Rosier, frappant sur la table, fit
apporter un carafon d'eau-de-vie et six petits verres.

Sylvain Cornu s'était penché vers Galoubet.

— Tu ne fais que des bêtises ce soir... — lui dit-il
à l'oreille.

— Quelles bêtises ?

— La négociante est un peu lancée... On aurait
pu avoir une ou deux roues de derrière de plus en
traitant tout de suite.

— Oui, mais il faudrait amener le colis, et j'aime
pas voyager la nuit avec des paquets.

On venait d'apporter l'eau-de-vie.

Madame Rosier remplit les verres et s'écria en
trinquant avec ses compagnons...

— Vous êtes tous de bons garçons... Enchantée
d'avoir fait votre connaissance... Je bois à votre
santé...

— A la vôtre... la petite mère !! — crièrent cinq
voix.

Aimée Joubert paya sa dépense.

Sylvain Cornu et Galoubet en firent autant...

Les trois autres comptaient passer une partie de la nuit dans l'établissement en jouant aux cartes.

La policière et les deux voleurs sortirent ensemble de chez le père Grincheux.

— A demain, mes amours... — leur dit-elle sur le seuil.

— Demain, huit heures, c'est convenu...— Vous rentrez chez vous ?

— Oui, et ça n'est pas trop tôt... — répondit la pseudo-marchande en ayant l'air de chanceler sur ses jambes. — J'ai beaucoup marché aujourd'hui, j'ai bu pas mal, et je commence à voir polker les maisons...

— Et, où que vous allez comme ça ?

Aimée Joubert répondit au hasard, et d'une voix avinée :

— Je vais rue Saint-Louis-en-l'Ile.

— Comme ça se trouve !! — s'écria Galoubet. — Prenez mon aileron, la petite mère, nous allons vous faire la conduite. — Notre domicile est rue de la Femme-sans-Tête... Nous vous mettrons dans votre route...

La policière n'eut pas un instant d'hésitation.

— Va comme il est dit ! — fit-elle en passant son bras sous celui que Galoubet appelait son aileron.

Nos trois personnages gagnèrent ensemble le pont de la Tournelle et arrivèrent à l'angle de la rue des Deux-Ponts.

— Vous v'là presque chez vous, puisque la rue des Deux-Ponts traverse celle de Saint-Louis-en-l'Ile... — dit Galoubet en s'arrêtant. — Vous sentez-vous plus solide sur vos quilles?

— Oui... un peu... le froid m'a fait du bien... je me reconnais et je serai chez moi dans cinq minutes... — Merci, camarades... bonsoir... à demain...

— A demain... — répétèrent les deux hommes.

Aimée Joubert s'engagea dans la rue des Deux-Ponts, en décrivant des zigzags sur le trottoir.

Sylvain Cornu et Galoubet avaient pris à gauche et suivaient le quai d'Orléans.

Au bout de vingt pas, Galoubet fit halte.

— Va dormir, vieille sorcière!... — murmura-t-il en se tournant vers la rue des Deux-Ponts où la pseudo-marchande avait disparu. — Nous boirons demain matin une chopine à ta santé.

En même temps il faisait triomphalement sauter dans sa main gauche un porte-monnaie qu'il ouvrit ensuite pour en examiner le contenu.

La lueur d'un bec de gaz voisin fit briller de l'or.

10.

— Tu l'as *barbottée?* — demanda Sylvain Cornu.

— Oui, mon vieux... — C'est pain bénit de ne pas laisser d'argent aux *poivrots*... ils en font mauvais usage...

— Combien qu'il y a ?...

— Cinq jaunets et de la menue monnaie.

— Mets tout à même ta poche, et jette le portemonaie dans la rivière...

Galoubet suivit ce conseil et jeta l'objet pardessus le parapet.

— Nous pourrons éviter d'aller lui porter les frusques demain matin, — fit-il, — et nous avons peut-être eu tort de lui dire que nous demeurions par ici...

— Laisse donc... — La vieille ne se souviendra de rien... — Elle aura de la peine à trouver sa porte tant elle est *paf*...

Les gredins se mirent à rire en continuant de se diriger vers leur domicile.

XIX

Aimée Joubert était déjà au coin de la rue Saint-Louis-en-l'Ile et de la rue de la Femme-sans-Tête, blottie dans l'embrasure d'une porte et guettant les deux hommes.

Lorsqu'elle avait entendu le bruit de leurs pas s'affaiblir sur le quai d'Orléans, elle avait quitté son allure d'ivrognesse et s'était mise à courir de toutes ses forces pour gagner l'endroit où nous la retrouvons au moment où Sylvain Cornu et Galoubet abandonnaient le quai pour entrer dans la rue de la Femme-sans-Tête, voie étroite, puante, mal éclairée.

La nuit très froide n'était point obscure. — La lune presque en son plein brillait dans un ciel sans nuages, et sous sa clarté blanche les silhouettes des dangereux compagnons se découpaient nettement au loin.

— Gredin, tu m'as volé ! — pensait la policière qui, nous croyons presque superflu de l'affirmer, sentant la main de Galoubet se glisser dans sa poche, avait jugé opportun de laisser faire. — Si demain tu avais parlé, j'aurais pu avoir pitié de toi... — Maintenant ce serait trop bête et je ne te ménagerai pas...

Sylvain Cornu et son inséparable avançaient toujours.

Leurs pas résonnaient sur le pavé sec, dans la rue solitaire et dant la nuit silencieuse.

Brusquement ils s'arrêtèrent devant une vieille maison de mauvaise mine ; une de ces demeures sinistres où, malgré soi, l'on serait surpris de rencontrer des gens non tarés.

Galoubet tira de sa poche un passe-partout.

Il ouvrit, et tous deux disparurent dans une allée.

Le bruit de la porte se refermant avertit madame Rosier que les voleurs étaient rentrés dans leur repaire.

Se glissant alors le long des murailles, elle s'avança jusqu'à la maison qu'elle examina.

Sylvain et Galoubet n'avaient point menti.

Ils habitaient, en effet, un de ces hôtels borgnes dont un honnête homme ne pourrait franchir le seuil sans ressentir un léger frisson.

Sachant ce qu'elle voulait savoir, la policière s'éloigna rapidement.

Cornu et son compère occupaient une chambre au troisième étage de la maison garnie.

Cette chambre, tendue d'un mauvais papier taché, graisseux, déchiré par places, était meublée de deux petits lits de fer, d'une table de bois blanc, de deux chaises et d'un escabeau.

Les malles, placées dans un angle, servaient tout à la fois de commode et d'armoire.

Après avoir vérifié le contenu du porte-monnaie montant juste à la somme de cent treize francs, les deux voleurs se couchèrent.

— Cent treize francs, — murmura Sylvain. — C'est un mauvais compte...

— Pourquoi donc ça ?

— Ce coquin de *treize* nous portera malheur...

— Dieu, que t'es bête ! — répondit Galoubet en haussant les épaules. — Tout ça c'est des superstitions d'un petit esprit !... — Moi, je ne crois ni au treize, ni au vendredi, ni à aucune autre chose généralement quelconque... je suis libre penseur...

— Donc, ne dis plus de niaiseries, et dors... ça vaudra mieux...

Dix minutes après les dignes compagnons ronflaient à qui mieux mieux.

Il était à peine onze heures et demie du soir.

Vers une heure du matin Galoubet se réveilla brusquement.

Convaincu qu'il venait d'entendre frapper à la porte, il se souleva sur son séant, se frotta les yeux et prêta l'oreille.

Sylvain Cornu dormait toujours.

Un coup sec retentit nettement sur le panneau de l'huis.

— C'est parfaitement ici... — pensait Galoubet, puis à demi-voix il ajouta : — Eh ! Sylvain, réveille-toi...

— Eh bien ! quoi ? qu'est-ce qu'il y a ? — demanda Cornu en bâillant à se décrocher la mâchoire.

Un nouveau coup retentit.

— Écoute, — reprit Galoubet, — on frappe chez nous, et je vois de la lumière sur le carré...

Un filet lumineux filtrait en effet sous la porte.

— Tonnerre ! qu'est-ce que ça signifie ? — pensa Sylvain.

— Ah çà ! se réveillera-t-on, là dedans ? — cria une voix depuis le dehors.

Galoubet tremblait.

— C'est bien pour nous..., — balbutia-t-il.

— Pas sûr... On se trompe peut-être de loge-ment.

— Répondrez-vous, à la fin ? — reprit la voix.

— Qui est là ? — demanda Galoubet. — Qu'est-ce qu'on veut ?

— Au nom de la loi, ouvrez !

— Nom d'un petit bonhomme, c'est une descente de police ! ! — fit Sylvain Cornu en sautant à bas de son lit et en passant un pantalon.

— Serions-nous pincés, ma vieille ?... — répliqua Galoubet.

— Si vous n'ouvrez pas, on va faire sauter la porte ! — dit la voix menaçante.

— Un instant donc, nous n'avons pas de lumière...

— Nous en avons, nous... — Ouvrez...

Sylvain, tremblant de tous ses membres, fit tourner la clef dans la serrure.

La porte s'ouvrit et la chambre fut aussitôt éclairée par une bougie que portait à la main le maître du logis, accompagné d'un commissaire de police, ceint de son écharpe et suivi de plusieurs agents.

Les deux voleurs, terrifiés par ce spectacle, tombèrent assis sur leurs lits de fer.

Le commissaire franchit le seuil.

— C'est vous qui vous nommez Sylvain Cornu ? — demanda-t-il au plus âgé des bandits.

— Pour vous servir, si j'en étais capable, oui, mon commissaire..

— Et vous, — reprit le magistrat, — vous vous appelez Narcisse Cartier, surnommé Galoubet?

— Oui, mon commissaire...

— Au nom de la loi, je vous arrête tous les deux.

— Nous arrêter!... — balbutia Sylvain Cornu d'un ton pleurard qu'il supposait propre à émouvoir son auditeur ; — mais, mon magistrat, vous commettez une erreur judiciaire à l'instar de celle dont fut victime Lesurques, surnommé le Courrier de Lyon ; vous n'êtes pas sans avoir entendu parler de lui... — Nous sommes des ouvriers paisibles, connus dans le quartier... — Nous rentrons tous les soirs de bonne heure, et nous ne ferions pas de tort à une mouche... — Demandez plutôt à notre maître d'hôtel, je suis certain qu'il va répondre de nous...

— Toutes ces phrases sont inutiles... — répli-

qua le commissaire. — Habillez-vous et suivez-
nous...

Désobéir était impossible.

Tout en boutonnant ses bretelles, Galoubet se
disait :

— Je parie que c'est la marchande d'habits qui
nous a dénoncés... — Pas de chance ! Ah ! la vieille
gueuse ! !...

De son côté, Sylvain pensait :

— Brigand de chiffre treize ! — il nous a porté la
guigne... J'en étais sûr !...

Tandis que les voleurs s'habillaient d'une main
un peu tremblante, le commissaire de police pro-
cédait à une perquisition dans la chambre.

Les malles furent ouvertes.

On y trouva quatre vêtements complets, entièrement neufs, qui provenaient à n'en pas douter de
vols à l'étalage.

Les agents empaquetèrent les effets pour les emporter, et le commissaire donna l'ordre de partir.

Galoubet et Sylvain Cornu, très penauds, sortirent de la chambre entre les agents qui leur avaient
passé le *cabriolet*.

Dans l'argot des policiers et des voleurs on
nomme *cabriolet* un fragment de corde de boyau,

d'une longueur de vingt-cinq centimètres, à chaque extrémité duquel se trouve un morceau de bois.

On entoure avec cette corde le poignet droit de l'homme arrêté, et les morceaux de bois se réunissent dans la main de l'agent.

Au bout de vingt minutes les deux coquins se trouvaient dans la salle commune du Dépôt.

— Nous v'là au bloc ! — dit Galoubet. — Gueuse de marchande d'habits !

— Je te soutiens, moi, que sans le chiffre *treize* il ne serait rien arrivé... — répliqua Sylvain Cornu en cherchant une place sur le lit de camp que les gibiers de police correctionnelle et les graines de bagne ramassés pendant la soirée précédente encombraient.

— Enfin, — reprit Galoubet à l'oreille de Sylvain, — le commissaire n'a pas mis la main sur l'œuf... c'est toujours ça...

— T'as caché les jaunets ?

— Laisse faire... y aura de quoi se payer plus d'un litre de consolation...

Les camarades avaient fini par trouver deux places sur le lit de camp. — Ils s'y installèrent l'un à côté de l'autre et continuèrent de causer à voix basse, et achevèrent leur nuit au Dépôt en se livrant à une foule de réflexions désagréables.

Ils ignoraient le véritable motif de leur arrestation.

Était-on venu les *cueillir* à domicile à propos des effets volés aux étalages, ou sur la plainte de la marchande d'habits dont Galoubet avait subtilisé le porte-monnaie?

L'état de complète ivresse dans laquelle se trouvait, ou du moins semblait se trouver la marchande, rendait cette supposition peu vraisemblable.

Cependant, dans le doute, et convaincus qu'ils allaient être conduits devant un juge d'instruction, ils se concertaient afin que le magistrat chargé de les questionner ne trouvât dans leurs réponses aucune contradiction.

— Nous aurons beau faire, — murmurait Galoubet d'un air piteux, — en notre qualité de récidivistes, nous en aurons au moins chacun pour treize mois, et cinq ans de surveillance par-dessus le marché, ce qui n'est pas le plus drôle...

Vers dix heures du matin une porte s'ouvrit.

Un gardien parut sur le seuil et appela :

— Cartier, dit Galoubet...

— Présent... — répondit le voleur en faisant
deux pas en avant.

Le gardien reprit :

— Sylvain Cornu...

— Présent.

— A l'instruction...

Sylvain suivit Galoubet.

Des gardes de Paris les attendaient pour les es-
corter.

On leur mit les menottes et on les dirigea vers le
cabinet de M. Paul de Gibray.

Ce dernier consultait un rapport de police.

Quand on introduisit les bandits, il ne les regarda même pas.

Tous deux restèrent debout en face de son bureau, roulant entre leurs doigts leurs casquettes
afin de se donner une contenance ; — ils feignaient
d'ailleurs un aplomb que la pâleur de leurs visages
démentait.

Enfin M. de Gibray leva la tête et fixa sur eux
ses yeux froids et profonds.

— Nous dévisage-t-il, ce coco-là ! — se dit Galoubet ; — il nous reconnaîtra pour sûr, quand il
nous rencontrera dans les salons...

— Ce doit être un malin... — pensait Sylvain de

son côté. — On aura bien du mal à lui faire voir le tour...

— Quel est celui de vous qui se nomme ou plutôt qu'on surnomme Galoubet? — demanda le juge d'instruction.

— Moi, mon magistrat... — répondit Cartier du ton le plus humble.

— Vous êtes un récidiviste... votre casier judiciaire constate de nombreuses condamnations.

— Hélas ! mon magistrat, je n'ai pas eu de chance...

— Trois ans à Poissy... Six mois à la Roquette... Deux ans à Sainte-Pélagie... — un an à Mazas... voilà de brillants états de service. — Vous pouvez réclamer un grade dans l'armée du crime !

Galoubet baissa la tête sans répondre.

M. de Gibray reprit en s'adressant à l'autre gredin :

— Vous, vous êtes Sylvain Cornu ?

— Oui, mon juge.

— Quel âge avez-vous ?

— Cinquante-deux ans.

— Vos états de service l'emportent encore sur ceux de votre compagnon... Vous avez passé dix-sept ans dans diverses prisons...

— Dix-sept ans et demi... — rectifia timidement Cornu.

— Vous avez fait cinq ans à la maison centrale de Poissy...

— Mon juge, c'était ma troisième condamnation... — Le tribunal s'est montré bien sévère...

— En quelle année avez-vous été incarcéré à Poissy ?

— En 1847...

— Vous en êtes sorti ?

— En 1853...

— Donc vous vous y trouviez en 1849...

— Naturellement, mon juge...

— C'est la que vous avez connu Cartier, surnommé Galoubet ?

Galoubet répondit :

— Oui, mon magistrat... — En 1851, je suis allé à Poissy *tirer* mes trois ans...

M. de Gibray garda le silence pendant quelques secondes, puis demanda brusquement à Sylvain :

— Vous souvenez-vous de vos compagnons de captivité à la Maison centrale ?

— Pas de tous, mais de plusieurs...

— Pourriez-vous me citer les noms de ceux-là ?

L'expression d'humilité empreinte sur le visage

de Sylvain disparut; — il regarda le juge d'instruction bien en face, ce qu'il n'avait point osé faire
jusqu'à ce moment, et un vague sourire vint à ses
lèvres.

Il pensait :

— Oh ! oh ! ma vieille, on veut te faire faire de la
musique. — Eh bien ! si le juge a besoin de tes ser-
vices, faut que ça te rapporte...

— Eh bien ! vous ne répondez pas ? — répondit
au bout d'un instant Paul de Gibray.

— C'est que, mon juge, c'est assez difficile de
répondre...

— Pourquoi?

— Là-bas, on ne connaît que les numéros et les
surnoms... — Les noms, on les connaît à peine...
— Je croyais que vous vouliez parler des visages,
qui sont gravés là.

Sylvain se toucha le front du bout du doigt.

XX

Le juge d'instruction sourit à son tour.

— Ah! — fit-il ensuite, — vous vous rappelez surtout les visages...

En même temps il fouillait dans un des tiroirs de son bureau.

— Surtout, oui, monsieur... — répliqua Sylvain Cornu.

Paul de Gribray avait trouvé ce qu'il cherchait.

— Eh bien! alors, — dit-il en tendant au récidiviste un portrait-carte, — vous reconnaîtrez sans doute celui-ci?...

Sylvain se pencha vers la photographie et l'examina avec une profonde attention.

— On ne voit pas bien... — murmura-t-il ensuite, — les traits sont comme effacés... — On dirait un homme mort.

— On ne se tromperait pas... — C'est un homme mort de mort violente, un homme assassiné... et vous devez le connaître...

Ces derniers mots : *et vous devez le connaître*, causèrent à Sylvain une profonde épouvante.

Sa figure se décomposa.

Ses yeux s'arrondirent.

Ses mains tremblèrent.

— Miséricorde ! — s'écria-t-il. — Est-ce que ce serait moi qu'on accuse?...

— Jusqu'à présent on ne vous accuse point, — répliqua le juge d'instruction; — seulement, comme vous connaissez cet homme dont l'identité n'a point encore été établie, je vous demande de me dire qui il est...

— Mais je ne le connais pas, monsieur... Plus je le regarde, moins je puis mettre un nom ou un numéro sur cette binette-là.

Paul de Gibray sourit de nouveau.

— Ce n'est point ce que vous disiez hier... — répliqua-t-il ironiquement.

— Hier? — répliqua Sylvain d'un air stupéfait.

11.

— Oui, hier, chez le marchand de vin de la rue du Bon-Puits...

— Pincé au demi-cercle!! — murmura Cornu en lançant un regard à Galoubet.

Le juge d'instruction poursuivit :

— Si vous ne reconnaissez point cette photographie, vous reconnaîtrez sans doute le cadavre.

— De quel cadavre parlez-vous, mon juge? — Est-ce que ce serait celui de l'homme qui est à la Morgue?... — l'homme qui a été assassiné dans une voiture, à ce que prétendent les journaux?

— C'est celui-là même... — Vous l'avez vu... et vous l'avez reconnu...

Sylvain fit un mouvement.

Paul de Gibray ne lui laissa pas le temps de parler et poursuivit :

— Vous l'avez reconnu, car vous le connaissiez, j'en suis certain...

— Mais, mon juge...

— Ne m'interrompez pas et écoutez-moi... — Vous avez été arrêté cette nuit pour vol à l'étalage de certains effets d'habillement.

— Innocent comme l'enfant à naître, mon juge!!

— Nous n'avons en ce moment aucune preuve matérielle contre vous...

— Vous voyez bien...

— Mais il ne serait ni long ni difficile de se les procurer... — Eh bien! faites ce que j'attends de vous... servez-moi tous les deux franchement, sincèrement, sans arrière-pensée... Dites-moi quel est l'homme qui se trouve à la Morgue, et j'abandonnerai peut-être l'affaire... je signerai peut-être votre élargissement.

Sylvain Cornu paraissait hésiter.

Galoubet prit la parole et s'écria avec animation :

— Ah! mon magistrat, s'il s'agit de vous être utile et agréable, il ne se fera point tirer l'oreille... Il vous dira tout... — Il respecte trop la justice pour ne pas vous aider dans vos recherches... — Oui, mon magistrat, il connaît l'homme de la Morgue...

Comme on le voit les mots : — *J'abandonnerai peut-être l'affaire... je signerai peut-être votre ordre d'élargissement*, avaient produit l'effet qu'en attendait le juge d'instruction.

— Alors, — demanda-t-il à Sylvain, — vous êtes prêt à parler ?

— Oui, mon juge... — Galoubet a raison. Tout pour la justice... c'est mon principe!! Comptez sur moi; seulement je ne puis vous répondre comme ça, *illico*... —J'ai bien cru reconnaître l'individu, mais il faudrait que je le voie de près, afin d'être certain que je ne me suis pas trompé.

— C'est facile... — fit M. de Gibray.

Il traça quelques mots sur une feuille de papier qu'il mit sous enveloppe et il écrivit l'adresse.

Ensuite il frappa sur un timbre.

Un employé parut.

— Envoyez-moi les deux gardes de Paris qui ont amené ces hommes... — lui commanda le juge d'instruction.

L'employé sortit.

Les gardes entrèrent.

— Prenez cette lettre, — leur dit le magistrat. — Elle est pour le greffier de la Morgue où vous allez conduire les détenus que voilà... — Quand ils auront terminé ce qu'ils ont à faire, vous les ramènerez ici.

— Soyez tranquille, mon juge, nous ne moisirons pas en route... — répliqua Sylvain.

Gardes et prisonniers quittèrent le cabinet et prirent le chemin de la Morgue.

— Nous voilà des bons, ma vieille branche! —

murmura Galoubet chemin faisant à l'oreille de
Cornu. — On va nous lâcher.

— Oui... si le juge tient la promesse qu'il n'a
faite qu'à moitié... il a dit *peut-être*...

— Il la tiendra... — ces gens-là c'est sérieux...
quand ça donne sa parole c'est comme si tous les
notaires y avaient passé. — Seulement es-tu sûr
que c'est bien l'homme de Poissy ?

— J'en suis sûr, mais je le serai encore davantage tout à l'heure...

Une fois à la Morgue le greffier, sur le vu de la
lettre de M. de Gibray, introduisit dans la salle
des autopsies Galoubet et Sylvain Cornu.

Sylvain tourna autour du cadavre, étudia le tatouage qui, prétendait-il, était son ouvrage, —
(mais on a vu plus d'un tatouage ressembler à un
autre); — puis il examina le côté gauche du visage
et s'écria :

— Je ne m'étais pas trompé... — Un prisonnier
l'a mordu dans une querelle à Poissy, et lui a ar-
raché un morceau du bas de l'oreille avec ses
dents... — Il manque un centimètre de chair et
voilà le bourrelet de la cicatrice... c'est bien lui...

— Alors, — dit Galoubet, — rien ne nous retient
plus... — En route !

Ils retournèrent au palais de justice sous l'escorte de leurs deux gardes.

Tout en suivant les quais, Galoubet renoua la conversation à voix basse avec son compère.

— Si nous nous faisions admettre dans la police comme donneurs de renseignements, aurions-nous des appointements? — lui demanda-t-il.

— Bien sûr que oui... — Lorsqu'on renonce à son industrie on ne vit pas de l'air du temps!... — On touche un *fixe* et on encaisse des gratifications quand on fait pincer des voleurs ou des évadés, ou des libérés en rupture de ban...

— Eh bien, qu'on me reçoive dans le régiment des mouchards et je connais un particulier dont l'affaire sera vite faite si je le rencontre...

— Quel particulier?...

— Tu sais bien ce faux curé que nous avons abordé un jour à Joinville-le-Pont... qui m'a dit que je le prenais pour un autre et m'a refusé cent sous... — Non, je ne me trompais pas... — Je n'ai point osé faire d'esclandre, parce que c'est peut-être moi qu'on aurait mis à l'ombre... — J'ai si peu de veine!! — Mais que je le retrouve!! — Il est en surveillance, et naturellement en rupture de ban, puisqu'on n'assigne pas Paris comme résidence aux libérés... — Ça m'irait beaucoup à moi d'entrer dans la police... — Nous ne sommes plus de première jeunesse, et ça nous mettrait du pain sur la planche pour le reste de nos jours...

On arrivait à la porte du cabinet du juge d'instruction.

L'un des gardes entra et prévint M. de Gibray.

— Faites entrer les deux hommes, — dit celui-ci, — et attendez dans le couloir.

L'ordre fut exécuté.

Sylvain Cornu et Galoubet franchirent le seuil.

Leurs visages rayonnaient.

— Eh bien? — demanda le magistrat.

— Eh bien, mon juge, — répondit Galoubet, plus expansif que son compagnon et qui éprouvait le besoin de corser son rôle, fort effacé dans tout cela, — c'est réglé!... — Le bonhomme est définitivement reconnu...

— Sans erreur possible?

— Oh! sans erreur... — répliqua Sylvain. — C'est bien l'individu que je croyais... — Il était détenu à Poissy en même temps que moi en 1849.

— C'est moi qui lui ai tatoué sur le bras les deux sabres en croix, la couronne de laurier et le chiffre de l'année où nous faisions connaissance... — Ça lui donnait un chic militaire... — Il avait récolté huit ans de réclusion avec un autre, compromis tous deux dans une tentative d'assassinat...

— Son nom ?

— Gustave Perrier... — C'était un malin... — Je n'aurais jamais cru qu'il se serait laissé refroidir comme ça... — Enfin, il a rencontré plus malin que lui...

— Comment s'appelait ce complice dont vous venez de parler ?... l'homme condamné pour la même affaire ?

— Michel Brémont...

— Qu'était ce Michel Brémont ? Un vulgaire malfaiteur ?

— Oh ! que non pas ! ! un gas très bien *éduqué*, très instruit, qui parlait plusieurs langues comme Gustave Perrier... — Il n'avait été condamné, lui, qu'à cinq ans... — Tous deux faisaient partie d'une bande.

M. de Gibray dressa l'oreille.

— Une bande ? — répéta-t-il. — Est-ce bien certain ?

— Oh ! certain, mon juge.

— Comment le saviez-vous ?...

— Un jour je les ai entendus causer de ça... et

bien mieux, j'ai trouvé un jour un papier appartenant à Michel Brémont et sur lequel étaient écrits les noms des membres de la bande...

— Étaient-ils nombreux ?

— Cinq... pas davantage.

— Vous souvenez-vous de ces noms?

— Parfaitement, quoique je n'aie pas gardé le papier qui pouvait me compromettre...

— Dites-les-moi...

— Voici : — Gustave Perrier, Michel Brémont, Verdier, surnommé *monsieur l'abbé*, à cause qu'il se travestissait souvent en prêtre ; Chauvin, et un autre qui venait d'être condamné à mort par contumace...

— Pierre Lartigues, sans doute?... — fit M. de Gibray.

— C'est ça même, Pierre Lartigues, dit *le Frisé* à cause de sa chevelure qui frisait comme la laine d'un mouton.

XXI

Le juge d'instruction demanda :

— Quels sont ceux de ces cinq individus que vous connaissez, et que par conséquent vous pourriez reconnaître?

— Je ne connais que Michel Brémont et Gustave Perrier, l'homme assassiné... — répondit Sylvain Cornu.

— Moi je connais *monsieur l'abbé*... — fit vivement Galoubet. — Il y a trois ans je l'ai rencontré à Joinville-le-Pont et je parierais bien qu'il ne doit pas être loin de Paris.

— Vous ne connaissez pas Pierre Lartigues?...

— Non... — répondirent à la fois les deux voleurs.

— D'où vous vient la certitude absolue que l'homme de la Morgue est Gustave Perrier? — reprit le juge.

— D'abord c'est sa figure... — ensuite il n'y a pas à se tromper au tatouage, et enfin il lui manque un petit morceau de l'oreille gauche... — Vous pouvez d'ailleurs, mon juge, vous convaincre de l'identité en demandant le signalement de Gustave Perrier à la centrale de Poissy.

— C'est bien...

— Monsieur le juge d'instruction est-il content de nous? — demanda Galoubet avec un sourire qu'il s'efforça de rendre insinuant.

— Sans doute...

— Alors monsieur le juge d'instruction nous procurera l'avantage de se rappeler la promesse qu'il a bien voulu prendre la peine de nous faire?...

— Je vais y réfléchir...

Sylvain et Galoubet firent la grimace et échangèrent un regard de désappointement profond.

Paul de Gibray sonna pour demander les gardes de Paris.

— Reconduisez ces hommes au Dépôt, — leur dit-il.

Les gardes sortirent avec les voleurs effroyablement vexés.

A peine la porte s'était-elle refermée derrière eux, qu'une porte latérale donnant dans une pièce contiguë s'ouvrit, et le chef de la sûreté parut en compagnie d'Aimé Joubert.

— Vous voyez que je ne m'étais pas trompée, monsieur... — dit la policière. — Vous voyez que la bande existe... — L'homme de la Morgue, ce Gustave Perrier, en faisait partie... — Il a été certainement assassiné par l'un des membres de cette bande, par Pierre Lartigues peut-être... ou par le misérable qui prend le vêtement ecclésiastique pour mieux cacher son identité... — L'association ténébreuse vit et agit en plein Paris... — Sans doute elle prépare de nouveaux crimes... — Il faut ne lui laisser ni paix ni trêve... Il faut saisir et démasquer ses membres !...

— Certes, il le faut ! ! — répondit Paul de Gibray. — Il me semble pressentir comme vous qu'un crime effrayant se prépare... — Donc, redoublons de surveillance... — Malheureusement, ce que nous venons d'apprendre ne nous donne aucune piste à suivre...

— Monsieur de Gibray... — dit Aimée Joubert,

— me permettez-vous d'exprimer une opinion?

— Je vous le permets et je vous en prie...

— Eh bien, non seulement il faut tenir aux deux gredins qui sortent d'ici la promesse conditionnelle que vous leur avez faite, et signer leur élargissement, mais encore il faut les attacher à titre auxiliaire à la police.

— Vous seront-ils de quelque utilité?

— Ils me seront plus qu'utiles... — ils me seront indispensables...

— Et comment?

— L'un d'eux connaît Verdier, le faux abbé... l'autre connaît Michel Brémont... — Vous voyez que ces noms sont gravés dans ma mémoire et je ne les oublierai pas... — Verdier a été rencontré il y trois ans... — Rien ne prouve qu'il ne soit point en ce moment à Paris avec Michel Brémont... Ces hommes peuvent nous les désigner... — Le comte Yvan et moi nous reconnaîtrons Pierre Lartigues... Trois sur quatre étant connus, ce serait à douter de la justice divine si nous ne parvenions pas à mettre la main sur un des trois... — Par celui-là, nous tiendrons les autres.

» Vous voyez, monsieur, que Sylvain Cornu et Galoubet seront pour nous de précieux alliés.

» Ah ! je sais bien qu'il doit vous répugner d'employer de tels gens pour servir la justice, mais les précédents sont nombreux et la nécessité commande...

Paul de Gibray se tourna vers le chef de la sûreté.

— Vous avez nécessairement voix au conseil... — lui dit-il... — Quel est votre avis ?

— Mon avis est, monsieur, que l'intérêt même de la société nous impose la loi d'employer tous les moyens pour arriver au but que nous voulons atteindre... Signez donc une ordonnance de mise en liberté pour ces deux hommes, que je ferai surveiller de très près et qui nous serviront, qui mettront même à nous servir beaucoup de zèle, car ils y trouveront leur avantage.

Paul de Gibray prit une feuille de papier à en-tête imprimé, écrivit trois lignes et signa.

— Voici... — dit-il en tendant la feuille au chef de la sûreté. — Le reste vous regarde. — Faites venir ces drôles et traitez avec eux... — J'attends avec impatience que nous soyons sur une piste, car certains journaux commentent d'une façon désobligeante notre inertie, qu'ils appellent de l'impuissance.

— Je ferai pour le mieux... — répondit le chef de la sûreté en prenant l'ordre de mise en liberté.

Il se rendit ensuite à la préfecture où madame Rosier l'accompagna.

Une demi-heure plus tard, Galoubet et Sylvain Cornu étaient amenés par les gardes de Paris dans le cabinet du chef.

Tous deux éprouvaient une assez vive inquiétude et cherchaient vainement à deviner la cause de ce déplacement anormal.

En franchissant le seuil ils remarquèrent la présence de madame Rosier, mais elle avait repris son apparence habituelle, et ni l'un ni l'autre ne reconnut en elle la marchande de vieux habits qu'ils avaient rencontrée la veille au soir dans l'assommoir du père Grincheux.

Les premières paroles du chef de la sûreté furent celles-ci :

— Sylvain Cornu, Galoubet, vous êtes libres...

Les deux gredins respirèrent à pleins poumons.

Le poids qui chargeait leurs épaules disparut comme par enchantement ; leurs visages s'épanouirent, et ils allaient se répandre en protestations de gratitude quand le chef poursuivit :

— Libres, mais à une condition que vous devinez sans doute...

— Si nous la devinons ? — s'écria Galoubet. — Ah ! je crois bien ! — La condition, c'est que nous nous enrôlerons *dans la musique*, et qu'au lieu de rester gibier nous deviendrons chasseurs. — Ça sera vu d'autant mieux que c'était notre rêve, à Sylvain et à moi !! — Nous avions tous les deux dans notre folle idée de devenir honnêtes. — Soyez paisible, monsieur, vous serez content... — Nous ouvrirons l'œil... nos ci-devant collègues de toutes les catégories n'auront point de bon temps avec nous qui les connaissons et qui les pousserons dans la nasse... — Guerre aux récidivistes, aux libérés en rupture de banc, aux voleurs à la tire et aux pickpockets !

Aimée Joubert ne put s'empêcher de sourire, en songeant à son porte-monnaie et en voyant une conversion si prompte.

— Servez-nous consciencieusement, — dit le chef de la sûreté, — et vous vous en trouverez bien... — Je vais régler votre position. — Asseyez-vous.

Stupéfaits de tant de politesse, Cornu et Galoubet perdaient un peu la tête.

Dans leur trouble joyeux, ils furent au moment de s'asseoir tous les deux sur la même chaise.

Leur entretien avec le chef de la sûreté fut long.

Au bout d'une heure seulement ils quittaient le cabinet, légers, dispos, satisfaits, trouvant que la vie était belle, voyant l'avenir en rose, et caressant dans leur poche les cent francs que chacun d'eux venait de toucher en avance sur son traitement.

Ainsi qu'ils l'avaient dit en leur langage imagé, ils éprouvaient une joie délirante à cesser d'être *gibier* pour devenir *chasseurs*.

Des ordres immédiats, des instructions nouvelles furent donnés à la brigade de sûreté.

Paris allait être momentanément surveillé d'une façon exceptionnelle.

Une prime considérable était promise à celui des agents ou des auxiliaires qui amènerait l'arresta-tion de l'assassin du Père-Lachaise et de la rue Montorgueil, ou de ses complices.

*
* *

Maurice était retourné rue de Navarin, brisé de fatigue et non moins surpris que vexé de n'avoir point été reçu par la belle Octavie.

Il avait espéré, en arrivant, trouver une lettre d'elle chez son concierge.

Première déception, suivie d'une autre déception plus grande en se voyant refuser l'entrée de l'appartement, rue Caumartin.

En toute autre circonstance il aurait été ravi d'une rupture qu'il désirait, nous le savons, mais à cette heure où il avait besoin de renseignements qu'Octavie seule pouvait lui donner, il ne se gênait point pour traiter de pécore la fille de Claudine Charvet.

Il se calma cependant en songeant que sans doute Octavie, instruite de son retour, s'empresserait de lui écrire un mot le lendemain matin pour lui donner un rendez-vous.

Une fois rasséréné par cet espoir, il se coucha et s'endormit d'un profond sommeil.

Le lendemain il était debout au point du jour, attendant avec une impatience fiévreuse le moment où les employés de la poste font dans Paris leur première distribution.

A neuf heures, n'y tenant plus, il ouvrit sa porte, s'appuya sur la rampe et cria dans la cage de l'escalier :

— Madame Benoît !

Une voix chevrotante répondit du rez-de-chaussée :

— Qu'est-ce qu'il y a pour votre service, monsieur
Maurice?

— Le facteur a-t-il passé?

— Oui, monsieur Maurice...

— Il n'avait rien pour moi?

— Rien du tout... — s'il y avait eu des lettres,
on vous les aurait montées *illico*, monsieur Maurice...

Le jeune homme attendit jusqu'à onze heures.

A la seconde distribution, comme à la première,
son espoir fut déçu.

— Certainement, — se dit-il alors, — il se passe
quelque chose d'anormal rue Caumartin... —
Quoi?... — Le meilleur moyen de le savoir, et
même le seul est d'aller le demander...

XXII

Maurice était tout habillé. — Il ne lui restait plus qu'à mettre son pardessus, ses gants et son chapeau.

Il sortit de chez lui et, avant de se rendre rue Caumartin, il alla tout droit rue de Suresnes où le capitaine Van Broecke et l'abbé Méryss devaient attendre son retour non sans une très vive impatience.

Lartigues et Verdier étaient en effet réunis.

Ils parlaient des résultats probables de l'excursion de Maurice quand ils entendirent sonner à la porte de la rue.

Un instant après le jeune homme, conduit par le muet Dominique, fit son entrée.

Les deux associés poussèrent une exclamation joyeuse.

Verdier, ce jour-là, ne portait point l'habit ecclésiastique.

Il avait l'air d'un vieux petit bourgeois très honnête.

— Eh bien! cher ami, — s'écria-t-il, — avez-vous fait bon voyage?

Maurice serra cordialement les mains que lui tendaient ses complices et répondit :

— Ma foi, je n'ai pas à me plaindre, car j'ai levé deux lièvres à la fois...

— Deux lièvres?...

— Parfaitement!

— Les avez-vous tués tous les deux? — fit Verdier en riant.

— J'ai tué l'un et grièvement blessé l'autre.

— Ce qui signifie? — demanda Lartigues très intrigué.

— Ce qui signifie qu'en allant chercher Simone, j'ai trouvé la famille Bressolles que je ne cherchais pas, du moins à Vic-sur-Braisnes...

— Vraiment?

— C'est comme j'ai l'honneur de vous le dire...

Maurice raconta, sans omettre le moindre détail,

12.

ce qui s'était passé, à Pusy, chez la veuve Charvet.

— Mais alors tout marche à merveille!! — fit Verdier en se frottant les mains. — En questionnant avec habileté la belle Octavie de manière à n'éveiller aucun soupçon dans son esprit, il y a cent contre un à parier que vous arriverez à savoir l'adresse de Simone...

— Il est probable que j'y arriverai en effet, — répliqua Maurice, — mais par malheur il se présente une difficulté que je ne prévoyais pas...

— Laquelle?

— Octavie, qui jusqu'à mon départ me fatiguait des manifestations exagérées de sa tendresse, est invisible depuis mon retour... — Elle s'absorbe sans doute, je ne dirai pas dans un nouvel amour, mais dans un nouveau caprice, et je serai forcé, je crois, de faire le siège de la place pour y pénétrer...

— Eh bien ! faites ce siège... — Trouvez moyen de voir Octavie, c'est le principal... — Il importe peu qu'ensuite vous rompiez avec elle, puisque vous avouez vous-même que sa tendresse vous fatiguait... Nous allons manœuvrer immédiatement du côté des Bressolles.

— Oui, — répondit le jeune homme, — mais il me semble que, pour manœuvrer avec quelque chance

de succès, il faut connaître le fort et le faible de
l'ennemi que l'on se propose d'attaquer... — Il
importerait de savoir ce que sont ces Bressolles,
quels sont leurs goûts, leurs habitudes, leurs passions, leurs vices... — Vivent-ils en gens d'intérieur où se lancent-ils dans le monde?... — Tout
cela, j'aurais voulu le savoir par Octavie qui, avant
de devenir une étoile de la galanterie, était femme
de chambre chez ces gens-là...

— Nous pourrons le savoir autrement... — dit
Lartigues.

— Oui, — répliqua Maurice, — en questionnant
Pierre, Paul ou Jacques, ce qui d'une part est compromettant et de l'autre renseigne fort mal ; Pierre
Paul ou Jacques ayant l'habitude de répondre
blanc ou noir selon leurs sympathies personnelles
ou leurs antipathies particulières...

— J'approuve absolument notre jeune ami... —
fit observer Verdier. — Il importe de voir Octavie
et de l'interroger... — Selon la nature des renseignements que Maurice obtiendra d'elle, nous dis-
poserons nos batteries... — Je considère mademoiselle Octavie comme la clef de la situation... —
Voyez donc cette aimable enfant le plus tôt possible...

— Je l'aurais vue déjà, vous le savez bien, si la chose avait dépendu de moi... mais, lorsqu'il s'agit de compter avec un caprice de femme, qui sait quand on arrivera? — Enfin, je ferai pour le mieux.

Aussitôt qu'il eut été décidé qu'on n'agirait point avant d'avoir des renseignements sûrs, Maurice prit congé de Pierre Lartigues et de Verdier, et se rendit rue Caumartin.

— Madame est-elle à la maison ? — demanda-t-il au concierge qui le connaissait et qui lui répondit affirmativement.

Fort de cette affirmation, il monta au premier étage et fit vigoureusement résonner le timbre.

La porte lui fut ouverte par un magnifique valet de pied qu'il n'avait jamais vu.

La fille de Claudine Charvet augmentait son personnel.

— Que demande monsieur? —fit le valet de pied.

— Madame Octavie...

— Madame n'est pas visible...

— Veuillez lui faire passer ma carte...

— Monsieur, c'est impossible... ma consigne me le défend...

— Vous le permettrait-elle si je joignais à ma carte cinq louis pour vous?

— Ni cinq louis, ni dix, ni quinze... — Je tiens à ma place... — D'ailleurs ce serait voler monsieur... — J'aurai beau passer la carte, madame ne recevrait point monsieur, en ce moment du moins.

— C'est une rupture, — pensa Maurice, — à moins que le comte Yvan ne déjeune avec Octavie... — Il faudra bien que je la voie cependant... — J'aviserai...

Puis, s'adressant au domestique, il ajouta :

— Je vous laisse ma carte... — Vous la mettrez sous les yeux de madame Octavie en temps opportun...

— Bien, monsieur...

Maurice descendit en maugréant contre les caprices des filles d'Ève, qui semblent vous adorer la veille et qui vous font fermer la porte au nez le lendemain.

Il était près de midi.

Le jeune homme résolut d'aller demander à déjeuner à sa bonne amie madame Rosier.

Elle serait si heureuse de le voir et de l'embrasser!

En conséquence il gagna la rue de la Victoire.

A sa grande surprise madame Rosier était absente.

Il questionna Madeleine.

La vieille servante, quoique très discrète, ne fit point de difficultés pour lui apprendre que *Madame* sortait tous les jours, restait longtemps dehors, rentrait tard, et semblait gravement préoccupée.

Naturellement Maurice attribua ces sorties et cette préoccupation à des soucis d'affaires.

Il recommanda de dire à madame Rosier qu'il était venu et qu'il reviendrait, puis il gagna les boulevards et entra dans un restaurant pour déjeuner.

Le petit baron Pascal de Landilly était attablé près d'une fenêtre de ce restaurant avec un gommeux de ses amis, et semblait plus pâle encore, plus maigre, plus éreinté que de coutume.

— Vous voilà, mon excellent bon... — fit-il de sa voix défaillante en tendant la main à Maurice. — Ça va bien, mon excellent bon ?... — Moi également... merci... Je suis en granit... C'est épatant de vous rencontrer ici !... Que devenez-vous ?... — On ne vous rencontre nulle part !... — Allez-vous vous cloîtrer comme la belle Octavie ?...

— La belle Octavie se cloître donc ? — s'écria Maurice en riant.

— Positivement... ou plutôt on la cloître...

— Qui cela ?...

— Ah ! ça, mon très bon, vous ne savez donc

rien !! Vous n'êtes pas dans le mouvement !! — Le comte Yvan, parbleu !! ce qui est d'un galbe épatant !! — Voilà ce que j'appelle une lune de miel catapultueuse !!... — Ce cher comte, paraît-il, est jaloux comme un tigre !! — Bien démodée, la jalousie ! vieux jeu ! pas de relief... — Voilà une maladie dont je ne mourrai point !!

Une quinte de toux violente suivit cette tirade.

Il était évident que la vie à outrance se chargerait de faire en un très bref délai ce que ne ferait pas la jalousie, et faucherait en pleine jeunesse Pascal de Landilly qui, de la meilleure foi du monde, se croyait bâti à chaux et à sable.

Le déjeuner fut gai.

Vers cinq heures, Maurice retourna rue de Navarin.

Une surprise l'attendait chez lui.

Sa concierge lui remit une lettre d'Octavie écrite sur papier parfumé et venue par la poste.

Nous reproduisons ce court billet en en respectant l'orthographe :

« *Chien-chien chérit,*

» *Je ne suit plus libres car mon marriage ait en* » *bonne voix.* — *Cependant je veut te voire.* — *Vien*

» *dongue aprais demin o balle de l'opaira...* — *Je*
» *porteré un dominau rose aveque un neu blan sur*
» *l'épole gauche et un otre au corp sage.*

     » *A toit, chien-chien,*

              » *Tonne Octavie*

                » *Pour l'avie.* »

— Allons, se dit Maurice en souriant, — je m'é-
tais trompé en croyant à une rupture... — Octavie
est toujours folle de moi, et je saurai par elle ce
que j'ai besoin de savoir...

Il communiqua au capitaine Van Broecke la
lettre de la jeune femme, en le chargeant d'en
donner connaissance à l'abbé Méryss, et il attendit
sans impatience la nuit du rendez-vous.

Cette fête inaugurait les bals masqués dans la
salle du nouvel Opéra.

Tout le Paris viveur et galant voulait assister à
cette inauguration et les loges se louaient fort
cher.

Maurice en paya une trente louis.

Il s'assurait ainsi la possibilité d'un tête-à-tête
avec Octavie.

Le samedi soir, un peu après minuit, le jeune
homme endossa sur son costume de bal un domino

noir avec un nœud de rubans verts et se rendit à l'Opéra.

Lartigues et Verdier s'y trouvaient déjà.

Les deux gredins émérites portaient des dominos pareils à celui de Maurice.

Des *flots* de rubans multicolores fixés sur l'épaule droite de chacun d'eux les rendaient facilement reconnaissables.

Les trois hommes se rejoignirent.

— Est-elle arrivée ?... — demanda Maurice.

— Non... Du moins nous n'avons pas vu de domino rose avec des nœuds blancs...

— Séparons-nous donc et faisons le guet... — Nous nous retrouverons ici toutes les demi-heures, et si vous avez rencontré le domino en question, vous m'avertirez.

— C'est convenu...

XXIII

Une foule compacte envahissait les escaliers, les foyers, et assiégeait les loges.

L'orchestre faisait rage.

Les notes tapageuses éclataient.

Des nuages de poussière montaient vers les lustres sous les clartés éblouissantes du gaz.

Une femme en domino noir avec un nœud rouge sur l'épaule, et portant un loup de velours noir à barbe de satin rouge, se tenait immobile dans une embrasure, escortée par deux hommes masqués, en costumes de *Médecins de Molière*.

Ces deux hommes ne la quittaient pas plus que son ombre, tandis que, silencieuse et les yeux étincelants sous le velours du loup, elle regardait passer la foule.

En voyant le domino noir au nœud de rubans verts causer avec les dominos aux flots de rubans multicolores, elle tressaillit et se dit tout bas :

— Ce jeune homme a la tournure de Maurice...
— Si c'était lui ?

Nos lecteurs ont reconnu madame Rosier.

Les deux *Médecins de Molière* qui l'accompagnaient n'étaient autres que les nouveaux enrôlés dans la police, Sylvain Cornu et Galoubet, fort ébahis d'un spectacle nouveau pour eux, et néanmoins très attentifs malgré leur ébahissement.

Aimée Joubert, qui ne négligeait rien pour arriver à trouver la piste de la mystérieuse association avait voulu, à tout hasard, assister à l'inauguration des bals de l'Opéra, dans la nouvelle salle.

Les trois dominos, dans l'un desquels il lui semblait reconnaître Maurice, se séparèrent.

Le jeune homme ne se doutait guère que madame Rosier fût si près de lui.

Bonne amie au bal de l'Opéra ! !

Si une telle idée s'était présentée à son esprit, il l'aurait chassée bien vite comme absolument extravagante.

Après avoir erré quelque temps à travers la foule, ce qui ne constituait pas une besogne absolument facile, il entra dans la loge qu'il avait louée.

Peut-être Octavie occupait-elle déjà l'une des loges du même rang.

Il eut beau braquer le double canon de sa jumelle sur tout le pourtour de la vaste salle il ne vit rien qui ressemblât au costume désigné.

L'impatience le gagnait.

La foule devenait cohue.

Maurice voulut sortir de sa loge.

Le flot compact des passants le contraignit à rester un moment immobile sur le seuil.

Un domino noir aux rubans multicolores se détacha du flot.

C'était Pierre Lartigues.

Il s'ouvrit un passage en jouant vigoureusement des coudes et s'arrêta près de Maurice.

— Elle vient d'arriver... — lui dit-il à l'oreille.

— Avec le comte Yvan ?

— Non.

— Seule, alors ?

— En compagnie de deux femmes.

— Où se trouve-t-elle ?

— Au moment où je l'ai vue, elle se faisait ouvrir une loge d'avant-scène du côté droit.

— Bien... — J'y vais...

— Je vous suivrai à distance... — Si vous aviez besoin de moi, vous me feriez un signe...

— C'est convenu... — Qu'avez-vous fait de Méryss ?

— Il monte la garde près de l'avant-scène.

Les paroles qui précèdent, — nous le répétons, — avaient été échangées de bouche à oreille.

Maurice fendit de son mieux la foule et se dirigea vers l'endroit indiqué.

Au moment où il l'atteignit, Octavie sortait de l'avant-scène.

Le jeune homme l'aborda.

— C'est moi... — lui dit-il tout bas.

Octavie tressaillit en entendant sa voix, lui prit le bras et lui demanda vivement :

— As-tu une loge ?

— Oui.

— Une loge à salon ?

— Oui... — Tu seras à l'abri de tous les regards...

— Viens vite, alors.

— Vite !... — répéta Maurice en riant. — C'est

facile à dire, mais pas précisément facile à faire...

Il entreprit néanmoins cette besogne malaisée et, traînant Octavie à sa remorque, gagna peu à peu du terrain.

Comme il passait devant la femme en domino noir flanquée de deux médecins de Molière, cette femme dit tout haut, mais d'une voix absolument déguisée :

— Voilà Maurice en bonne fortune...

Le jeune homme passa sans répondre.

— Tu es reconnu... — murmura la belle Octavie.

— Oui, et cela m'étonne, car je me croyais méconnaissable... — Mais peu importe...

— Pardon, cher... il importe beaucoup... — Le comte est jaloux comme une panthère ! — Il suffirait qu'il me sache avec toi pour le faire renoncer à tout projet de mariage. — Soyons prudents... — Quand nous aurons causé quelques instants, nous nous séparerons...

Maurice ne tenait point à prolonger l'entretien dès qu'il aurait appris ce qu'il voulait savoir, aussi ne fit-il aucune objection.

Les deux jeunes gens arrivèrent à la loge dont le fils d'Aimée Joubert avait la clef.

Il ouvrit la porte et introduisit Octavie dans le

petit salon où elle ne pouvait être vue de la salle.

— Ah ! — s'écria-t-elle en ôtant son loup de velours, en rejetant en arrière son capuchon et en embrassant Maurice, — c'est bon, cinq minutes de liberté... quand on en a perdu l'habitude !...

— Tu es donc esclave ?...

— Absolument, mais ne me plains point ; c'est moi qui veux qu'il en soit ainsi... — Tu me comprends mal ?

— Je ne te comprends même pas du tout.

— C'est pourtant bien simple. — Je vais m'expliquer : — Je me suis tracé une règle de conduite invariable... — En la suivant j'arriverai à persuader au comte, dans un temps relativement court, que je l'aime d'un parfait amour, que j'ai rompu pour lui avec le passé, avec ma vie mondaine, et que je ne tiens ni à sortir, ni à recevoir chez moi mes anciens amis... — C'est pour cela que je ne me montre nulle part et que ma porte est close pour tout le monde...

— Sapristi ! — s'écria Maurice, — voilà une existence bien gaie !...

— Lugubre, mon pauvre ami !...

— Comme tu dois t'amuser !!...

— Je m'ennuie à mourir, mais le mirage du brillant avenir qui chatoie devant moi me soutient...

— Quand le comte sera parfaitement convaincu
que je l'adore, il m'épousera et, quand il sera mon
mari, n'ayant plus rien à ménager je le mènerai
par le bout du nez ! Je ne te dis que ça ! Tu verras !

— Je m'en rapporte à toi, mais, en attendant,
nous ne pouvons plus nous voir...

— Rarement, quant à présent, j'en conviens...
— seulement tu dois convenir que mes raisons
sont bonnes...

— Elles sont excellentes et je les approuve ! —
Comment se fait-il que le comte t'ait laissée venir
seule au bal de l'Opéra ?

— Il y a réception à l'ambassade russe... — Il a
été obligé de s'y montrer et viendra me rejoindre
d'un moment à l'autre... Mais c'est assez parler
de moi... occupons-nous de toi... — Qu'es-tu devenu depuis que je suis obligée de te fermer ma
porte ?...

— J'ai fait un petit voyage...

— Où ?

— Au Havre...

— Voyage de plaisir ?

— Non, mais de travail... et figure-toi qu'au
Havre j'ai rencontré quelqu'un qui t'a vue derniè-

rement à Paris... qui te connaît beaucoup, et **qui**
m'a longuement parlé de toi...

Le visage de la jeune femme exprima l'inquiétude.

— Quelqu'un qui me connaît beaucoup ?... —
répéta-t-elle.

— Oui.

— Qui ça ?

— Un notaire...

— Mais je ne connais aucun notaire à Paris.

— Aussi n'ai-je pas dit que celui-là fût Parisien...

— Ne me fais pas poser... — Qui est-ce ?

— L'honorable tabellion de Vic-sur-Braisnes...

Maurice, en disant ce qui précède, regardait
attentivement Octavie.

Il la vit devenir successivement un peu pâle et
très rouge.

— Ah ! — reprit-elle avec embarras, — il t'a parlé
de moi ?...

— Mais sans doute... Il te trouve charmante. —
A propos, tu es donc née à Vic-sur-Braisnes ?

— Il faut bien naître quelque part.

— Cette vérité est indiscutable.

— Et qu'est-ce qu'il t'a dit de moi, le notaire ?

Maurice joua l'hésitation.

13.

— Mon Dieu, — commença-t-il, — je ne sais si...

— Parbleu, du mal !! — interrompit Octavie.

— Mais...

— Beaucoup de mal, j'en suis sûre... — Il t'a raconté que j'avais lâché ma famille pour venir faire la fête à Paris... et que j'avais entraîné avec moi ma sœur de lait, la petite Simone... — Il t'a dit cela, n'est-ce pas ?...

— Je le nierais en vain... — répliqua Maurice en souriant.

Il était enchanté de voir la conversation arriver d'elle-même sur le terrain où il se proposait de la conduire.

Octavie reprit :

— Parole d'honneur, je crois l'entendre, ce vieil homme!... — Il devait en débiter sur mon compte de toutes les couleurs.

— A tel point que j'ai été obligé de lui imposer silence... — « *Mademoiselle Octavie, qui veut bien m'honorer de son amitié,* — me suis-je écrié, — *est une jeune personne remarquable à tous égards, et je vous interdis absolument de la traiter ainsi devant moi...* — Il n'a rien ajouté, heureusement pour lui, sans cela je lui aurais envoyé mes témoins, très carrément, et nous nous serions coupé la gorge le lendemain...

XXIV

— A la bonne heure ! tu es gentil, toi ! ! — s'é-
cria l'ex-Jeannette Charvet en embrassant de nouveau Maurice ; — ces empaillés de notaires de province, ça ne comprend rien à la vie... — Du reste,
celui-là m'en veut beaucoup.

— Il t'en veut ! Et pourquoi donc ça ?

— Parce que le vieux roquentin, qui n'est au
fond qu'un vrai tartufe, guignait Simone du coin
de l'œil... — Il avait jeté son dévolu sur cette
petite, et il a été furieux quand elle est partie avec
moi...

— C'est ce qu'il m'a laissé comprendre... Mais
tu penses bien qu'il me cachait le vrai motif de sa

colère et ne semblait s'intéresser qu'à la vertu de
ta sœur de lait ?... — Et, à ce propos, qu'est-ce
qu'elle est devenue ta sœur de lait ? A-t-elle pris
un nom de guerre ? Est-elle connue ? A-t-elle fait
fortune ?

Octavie haussa les épaules.

— Simone faire fortune ! — répliqua-t-elle, —
jamais de la vie ! Elle était trop naïve pour ça... —
Quand j'ai quitté le *sentier du devoir*, comme disent les notaires de province, elle s'est permis de
m'adresser des remontrances parfaitement dépla-
cées, de me prêcher de la morale, de me parler de
mon père, de ma mère, de l'honneur, de la conscience, du respect de soi-même, et d'un tas d'autres rengaines du même acabit... — Naturellement
ça m'a porté sur les nerfs. — Je ne voulais plus
travailler. — Je voulais de la soie, du velours, des
bijoux, de l'argent et tout ce qui s'ensuit... — J'ai
lâché Simone... J'ai tiré de mon côté et elle du
sien...

— Il y a longtemps de cela ?

— A peu près quatre ans.

— Tu ne l'as jamais revue ?

— Jamais ! Dieu merci !... — J'en avais par-dessus
la tête, de ses sermons...

— Tu n'as même pas entendu parler d'elle ?

— Ma foi non...

— De quoi vivait-elle ?

— De son état.

— Quel état ?

— Elle était couturière et brodeuse... très habile, ma foi...

— Où travaillait-elle ?...

— Dans un magasin de la rue Vivienne au moment de notre brouille ; mais elle avait une santé très faible... — Elle est peut-être morte...

Évidemment Octavie n'en savait pas davantage, donc Maurice n'apprendrait par elle rien de plus.

Elle reprit :

— Qu'est-ce qu'il t'a dit encore, cet infirme de notaire ? — T'a-t-il parlé de maman ?

— Oui. Il m'a dit que ta mère, madame Charvet, n'habitait plus Vic-sur-Braisnes, mais un village voisin...

— Pusy... un petit endroit où elle a acheté un domaine... car elle est à son aise, maman... — Je lui écrirai un de ces jours... — Elle serait rudement contente si je lui annonçais mon mariage... — Ces gens de province, quand on n'est pas mariée et qu'on fait la fête, ils se figurent que tout est perdu...

— T'écrit-elle?

— Non... — Elle ignore mon adresse... — Elle ne sait plus où je demeure depuis que j'ai quitté les Bressolles.

Maurice eut un éclair de joie dans les yeux.

Octavie arrivait d'elle-même à la partie scabreuse de l'entretien, à celle qu'il n'eût pas abordée sans quelque embarras.

— Les Bressolles? — demanda-t-il d'un air indifférent. — Qu'est-ce que c'est que ça?

— Des gens chez qui j'ai été *demoiselle de compagnie*... — répondit la jeune femme en rougissant un peu. — Une famille étonnante, mon cher!!

— Étonnante en quoi?

— Tu vas voir!... — L'homme est un ancien architecte, fort riche, qui a épousé par amour une espèce de cocotte qui lui en fait voir de toutes les couleurs sans qu'il s'en doute, ou sans qu'il ait l'air de s'en douter, ce qui revient au même... — — Très jolie femme du reste, madame Bressolles, quoiqu'elle ne soit plus de la première jeunesse, et coquette avec cela qu'on ne peut pas s'en faire une idée!... Le mari est un ours qui n'aime que son intérieur, le coin de son feu, sa partie de piquet... Pendant qu'il tisonne ou qu'il cartonne avec quelques vieux amis, la femme court les spectacles, les bals, les soirées, et même une vie de polichinelle... — On la rencontre partout!... Je suis même étonnée que tu ne la connaisses pas...

— Pour la connaître, il faudrait aller dans le monde, et je m'en prive... Je suppose qu'ils n'ont pas d'enfant?...

— Justement, ils ont une fille... Une fille charmante... et c'est le point noir dans l'existence fantaisiste de madame Bressolles... — La petite, en grandissant, vieillit sa mère, et par conséquent la gêne... — L'enfant doit avoir aujourd'hui tout près de dix-huit ans, et je suis sûre que mon ex-patronne la déteste cordialement.

— Elle se montre avec sa fille, cependant?

— A l'époque dont je te parle la petite était en pension, et fût-elle même restée au logis l'ex-architecte, qui l'adore, n'aurait pas permis à la mère de la faire sortir avec elle et de l'emmener dans les endroits où elle va... car elle ne se gêne guère pour aller partout... — Ça m'étonnerait bien si elle ne se baladait pas ici cette nuit...

— Ici ! Au bal de l'Opéra ? — s'écria Maurice.

— Mais parfaitement bien... — De mon temps elle n'en manquait pas un, et je suis convaincue qu'il en est de même aujourd'hui... — Si je ne craignais que mon Russe n'arrive et ne se scandalise en me trouvant absente de l'avant-scène qu'il a louée pour moi, nous irions faire un tour au foyer et je te la montrerais...

— Pour me la montrer il faudrait la reconnaître...

— Je la reconnaîtrais certainement.

— Vient-elle donc au bal masqué à visage découvert ?

— Non, mais elle a des habitudes invariables. — Elle met un domino et un loup parce que c'est l'usage, mais elle s'arrange pour que tous ses amis, ses courtisans, ses soupirants, la reconnaissent du premier coup d'œil... — Son costume est toujours le même... un domino de satin bleu saphir, avec trois rubans jaunes sur l'épaule, et un loup de velours blanc à barbe bleue... — Ça m'amuserait de te dire : — *La voilà !* — Tu l'intriguerais en lui parlant d'une demi-douzaine de ses heureux adorateurs dont je t'apprendrais les noms...

Lui aussi, Maurice, désirait vivement être mis en rapport d'une manière quelconque avec madame Bressolles, car il avait hâte de suivre le plan qui venait de germer dans son esprit tandis qu'il écoutait Octavie.

— Mais, ma chère amie, — dit-il, — le signalement que tu viens de me donner me suffirait amplement pour reconnaître cette dame...

— C'est juste, je n'y pensais plus... — Domino bleu saphir, rubans jaunes, loup de velours blanc à barbe de satin bleu... — Il n'y a pas à s'y tromper... — Mets-toi donc à la recherche de la belle Valentine Bressolles et parle-lui de M. d'Orcival, du comte de Lussan, du gros Nattier, du petit Brichet, de Paul Avril et de Georges Guérin... — Tu l'intrigueras rudement ! — Te souviendras-tu de ces noms ?

— Je vais en prendre note.

Maurice tira de sa poche un agenda et écrivit, sous la dictée d'Octavie, les noms d'une fraction minime des adorateurs de Valentine Bressolles...

— Maintenant, — dit la fille de Claudine Charvet, — reconduis-moi jusqu'à ma loge.

— Non, — répliqua Maurice, — mais j'ai l'un de mes amis qui m'attend dans le couloir... — Je vais te confier à lui, et j'irai au vestiaire changer de costume...

— Comme tu voudras...

Maurice ouvrit la porte.

Un des deux dominos noirs portant sur l'épaule un flot de rubans multicolores se tenait adossé à la muraille, pour n'être pas entraîné par les remous de la marée humaine.

Sur un signe de Maurice, il s'avança.

— Conduisez madame à sa loge... — lui dit Maurice à voix basse.

Le domino noir s'inclina devant Octavie, lui offrit son bras, puis tous les deux s'enfoncèrent dans la foule et disparurent.

Ainsi qu'il venait de le dire à sa maîtresse, le jeune homme se rendit au vestiaire et revêtit un domino gris perle.

En s'y rendant il croisa de nouveau l'inconnue aux nœuds rouges et au masque rouge, escortée des deux médecins de Molière, et il sentit peser sur lui le regard de cette inconnue.

— Voilà une femme qui me connaît puisqu'elle m'a nommé, — se dit-il. — Qui peut-elle être? — Je ne devine pas...

Et il passa.

En ce moment Jodelet, vêtu en pierrot, s'approcha du masque rouge qui, — nos lecteurs le savent, — était Aimée Joubert.

— Y a-t-il du nouveau ? — lui demanda celle-ci.

— Non... — répondit Jodelet. — Qu'ordonnez-vous ?

— Rien... — Disposez du reste de votre nuit... — Rejoignez Martel et dites-lui que comme vous il est libre...

— Rendez-vous, quand ?

— Demain.

— Où ?

— Dans le cabinet du chef de la sûreté.

— A quelle heure ?

— A dix heures.

Le pierrot salua et tourna sur ses talons.

Aimée Joubert, convaincue qu'elle ne ferait aucune découverte cette nuit-là, se dirigea vers le grand escalier pour se retirer.

Tout à coup elle s'arrêta.

Elle voyait venir à elle, montant les marches, le comte Yvan en compagnie du vicomte Guy d'Arfeuilles.

Ils étaient en costume de soirée.

Ni l'un ni l'autre ne portait de masque.

Aimée Joubert barra le passage au Russe.

— Monsieur le comte, — fit-elle, — un mot, je vous prie...

Yvan, croyant avoir en face de lui l'une de ces intrigantes qui foisonnent dans les bals, et sont en quête d'un souper, l'écarta légèrement du geste et répliqua :

— Je n'ai pas le temps, beau masque...

La policière ne se tint point pour battue.

Elle prit le Russe par le bras et prononça quelques mots à son oreille.

Le comte tressaillit.

— Cher ami, — dit-il à M. d'Arfeuilles, — vous avez le numéro de la loge... — Je vous rejoindrai dans un instant...

Puis, offrant son bras à Aimée Joubert, il la conduisit dans l'embrasure d'une fenêtre, où il était possible de s'isoler pendant quelques instants.

— Il y a trois jours que je ne vous ai vu, comte... — murmura la policière d'un ton de reproche.

— Je n'avais rien à vous apprendre.

XXV

— Avez-vous fait ce que je vous avais recommandé de faire ? — demanda madame Rosier.

— Oui, — répliqua le Russe ; — chaque soir, en compagnie du vicomte d'Arfeuilles, je hante les tripots de Paris... cercles de bas étage... maisons de jeux clandestines... et je n'y rencontre point celui que nous cherchons...

— Ne vous lassez pas ! persévérez ! — On dit avec raison de l'ivrogne : *Qui a bu boira !* On pourrait dire également du joueur : *Qui a joué jouera !* — Or, Pierre Lartigues ne peut être admis dans les grands cercles, où d'ailleurs il n'oserait pas se présenter... — Donc il ira dans les *claque-dents*,

chez les *bonnets verts*, à, *Cayenne* ou dans les cafés
tripots, satisfaire sa passion... — Le contraire me
semble impossible... — Au moindre indice, pré-
venez-moi.

— Espérez-vous trouver une trace à l'Opéra, cette
nuit?... — demanda le comte Yvan.

— Je suis venue à tout hasard et sans espoir
sérieux, mais en vertu de ce principe qu'on trouve
souvent dans les foules ceux qui s'y croient le
mieux cachés...

— Courage donc, et persévérance...

— Oh! soyez tranquille!! — Ni l'un ni l'autre ne
me feront défaut!!

Le comte Yvan serra la main de madame Rosier et s'empressa de rejoindre Guy d'Arfeuilles qui
causait au milieu d'un groupe d'amis sur la plus
haute marche du fameux escalier de Garnier.

— Je vais prendre Octavie... — lui dit-il à demi-
voix. — Voulez-vous venir souper avec nous?

— Ma foi, non, cher... pas cette nuit... — Puisque je suis ici, j'y reste... — répondit M. d'Arfeuilles.

— A demain, alors...

— A demain!...

Les deux hommes se séparèrent et le Russe se
rendit à l'avant-scène d'Octavie.

— Ah! enfin, vous voici! — s'écria d'un air joyeux la jeune femme en le voyant entrer. — Comme vous avez tardé, cher Yvan, et que le temps me paraissait long!

— Vous vous ennuyez donc? — demanda le comte.

— Je ne saurais m'amuser quand vous n'êtes pas là, et d'ailleurs ces plaisirs bruyants ne sont point du tout ce que j'aime.

— Alors, vous voulez bien partir?

— Je veux tout ce que vous voulez... — Partons...

Octavie se leva, dit adieu aux amies qu'elle avait amenées, prit le bras du jeune Russe, sortit avec lui de la loge, et tous deux gagnèrent le grand escalier.

Au moment de l'atteindre ils croisèrent madame Rosier.

Celle-ci s'arrêta tout à coup en reconnaissant le domino rose à nœuds blancs qu'elle avait vu une heure auparavant au bras de Maurice, et suivit Octavie du regard.

— Comment se fait-il que le Russe et lui connaissent la même femme? — se demanda-t-elle.

— Le comte Yvan est bien riche, mais Maurice est

si beau ! ! Cette femme doit tromper le comte Yvan pour Maurice.

Elle regagna le foyer, examinant les costumes, étudiant les visages, autant par curiosité que par habitude professionnelle, car Aimée Joubert était redevenue complètement la policière d'autrefois.

Les deux dominos noirs aux flots de rubans multicolores passèrent à côté d'elle.

Elle les regarda avec une singulière fixité, quoique leur travestissement n'offrît rien de caractéristique ni de pittoresque.

Lartigues et Verdier s'arrêtèrent, de leur côté, pour examiner cette forme sombre dont les prunelles étincelantes ressemblaient à des lucioles dans les trous du masque.

— Pourquoi diable cette femme nous étudie-t-elle ainsi ? — demanda tout bas le faux abbé Méryss à son compagnon.

— Il est certain que ses yeux semblent lancer sur nous des éclairs... — répondit Lartigues. — Peut-être songe-t-elle à faire notre conquête... — ajouta-t-il en souriant.

— On dirait qu'elle cherche à deviner nos visages sous nos masques... — reprit Verdier.

— Voilà la troisième fois que nous la rencon-

trons cette nuit, et chaque fois elle nous poursuit
ainsi de ses regards.

Tout en disant ce qui précède, les deux hommes
avaient repris leur marche, mais, en s'éloignant,
ils se retournaient et trouvaient toujours les yeux
étincelants attachés sur eux.

Aimée Joubert se disait :

— J'ai vu ces dominos causer avec Maurice... —
Des amis à lui sans doute... — Mon attention, dont
ils ne devinent pas le motif, semble les étonner
beaucoup...

Elle entra dans un couloir de l'amphithéâtre d'où
elle dominait la salle, métamorphosée en une véritable pandémonium.

Cinq minutes plus tard, Maurice rejoignait ses
deux complices.

Il se fit reconnaître et s'isola avec eux dans une
embrasure.

— Eh bien? — lui demanda Verdier.

— J'ai causé avec Octavie.

— Vous a-t-elle renseignée?

— Très imparfaitement.

— Pourquoi?

— Depuis longtemps déjà elle a perdu de vue

III. 14

Simone... Elle ignore ce qu'elle fait, où elle demeure, et même si elle est vivante...

— Voilà un contretemps fâcheux...

— Notre espoir se trouve déçu de ce côté, c'est vrai, mais il y a des compensations.

— Lesquelles ?

— J'ai sur la famille Bressolles des renseignements précis, et la nature de ces renseignements me permet de croire qu'il me sera possible et même facile de m'introduire dans la maison...

— Comment ?

— Permettez-moi de sonder le terrain avant de vous répondre... — Il est extrêmement probable que je vais rencontrer ici madame Bressolles, la reconnaître à certains détails de son déguisement, et lier connaissance avec elle.

— Qui vous présentera ?

— Personne... — Il paraît que cette dame est d'un abord facile... — D'ailleurs la liberté du bal de l'Opéra excuse bien des choses.

— Est-ce donc pour aborder madame Bressolles que vous avez changé de costume ?

— Non.

— Dans quel but alors ?...

— Dans le but de dépister une femme en domino

noir à nœud rouge et à masque rouge que je ne
connais pas et qui m'a reconnu...

— Un domino noir à masque rouge... répéta Lartigues — ce doit être la femme qui nous poursuit
de regards flamboyants.

— Êtes-vous certain d'avoir été reconnu par elle?
— demanda Verdier.

— Absolument certain... — Elle a prononcé
mon nom, et il me déplairait fort d'être épié...

— Je le comprends d'autant mieux que cette
inconnue me semble suspecte !... — Ainsi que le
disait notre ami elle attache sur nous, quand elle
nous rencontre, de singuliers regards...

— Elle vous aura vus avec moi, sans doute, et sa
curiosité est aiguillonnée. — Je voudrais pouvoir
lui parler... la questionner...

— Qui vous en empêche?...

— Elle me reconnaîtrait à la voix, et d'ailleurs
j'ai à m'occuper de madame Bressolles ; mais
pourquoi l'un de vous ne ferait-il pas ce que je ne
puis faire?

Verdier se mit à rire.

— T'en charges-tu? — demanda-t-il à Lartigues.

— Mon Dieu, — répliqua celui-ci, — je me ris-
querai volontiers...

— Très bien, — dit Maurice, — mais soyez adroit... — Remplacez vos flots de rubans par des nœuds d'une seule couleur, et tâchez de savoir quel est ce domino qui m'intrigue... et qui m'inquiète...
— Je vous quitte et vais me mettre en chasse.

— Où et quand nous retrouverons-nous ?

— Demain, rue de Suresnes, car peut-être ne pourrai-je plus vous rejoindre cette nuit.

— A demain alors.

Maurice se perdit dans la foule.

Lartigues et Verdier attachèrent sur leurs épaules, à la place des flots multicolores, des rubans d'une nuance unique dont ils avaient eu soin de se munir, puis Lartigues se mit à la recherche du mystérieux domino.

— Si je te rencontre avec cette femme je quitterai le bal, car je tombe de sommeil... — dit Verdier en se séparant de lui.

— C'est convenu... — Nous nous retrouverons demain rue de Suresnes...

Tandis que les deux misérables échangeaient ces dernières paroles, Maurice avait regagné sa loge où il se tenait debout, et il promenait ses regards dans toutes les directions, cherchant un domino bleu

saphir à flots de rubans jaunes et un loup de velours blanc à barbe de satin bleu.

Soudain il poussa une exclamation joyeuse.

De l'autre côté de la salle, dans le couloir de
l'amphithéâtre, il venait d'apercevoir le costume
décrit par Octavie, costume caractéristique auquel
il était impossible de se tromper.

Quittant aussitôt le devant de sa loge, il sortit vivement, fendit de son mieux la foule et atteignit le
but de sa course au moment où la personne en domino bleu, — (laquelle était bien en effet Valentine
Bressolles), — se trouvait au centre d'un groupe de
jeunes gens légèrement ébriolés qui la serraient de
fort près avec une galanterie quelque peu brutale.

— Je vous affirme que vous vous trompez, messieurs, et je vous prie de me laisser tranquille... —
disait Valentine d'un ton sec où se devinait un
commencement d'irritation.

— Non... non... non... — répondirent en chœur
les voix avinées. — Nous ne nous trompons pas...

L'un des jeunes gens, un peu plus *lancé* que les
autres, ajouta :

— Tu es Paquita-Peau-de-Satin, la reine du
skating de la rue Blanche, et je te donne ma parole d'honneur que tu vas venir souper avec nous...

14.

Le menu est commandé... un joli menu... un menu très coquet... tu verras ça... des truffes dans tout !

— Encore une fois, monsieur, je ne suis point mademoiselle Paquita...

— Ça n'y fait rien... Paquita ou une autre, faudra toujours bien que tu soupes... Donne-nous la préférence.

— Je soupe chez moi...

— C'est parfait... Nous irons chez toi... — Tu nous invites ?

— Je m'en garde bien...

— Ah ! ça, par exemple, c'est un vilain procédé ! ! — Tu ne peux cependant pas souper toute seule.

— J'ai un convive...

Un éclat de rire général accueillit cette réponse.

XXVI

Maurice arriva juste à point pour entendre la réponse de madame Bressolles et l'éclat de rire de la bande ultra-joyeuse.

Il comprit à l'instant que Valentine était aux prises avec des importuns, bien près de devenir des impertinents, et qu'elle lui saurait gré de la tirer d'embarras.

En conséquence, il se décida immédiatement à intervenir.

— Le convive !... le convive !... le convive !!... — crièrent les jeunes gens sur le rythme des *Lampions*. — Nous demandons le convive de la dame !!...

— Le convive de madame, c'est moi, messieurs !

— dit-il en écartant d'un geste brusque celui des viveurs en goguettes qui serrait de plus près le domino bleu. — Vous avez trop bien dîné pour songer à souper... — Allez vous mettre au lit, je vous le conseille... — Venez, madame...

Valentine Bressolles regarda un instant d'un air étonné l'inconnu qui se faisait à l'improviste son chevalier ; elle lui trouva l'attitude et la voix d'un homme du monde ; — il lui venait en aide ; — elle serait toujours à même de se débarrasser de lui dans cinq minutes si telle était sa fantaisie.

Ces réflexions traversèrent son esprit comme un éclair et la décidèrent à prendre le bras que lui présentait Maurice.

Mais le cercle s'était reformé déjà, et le jeune viveur, si cavalièrement écarté par le nouveau venu, enfonçait son chapeau sur l'oreille d'un air mauvais et se donnait une physionomie belliqueuse.

— Qu'est-ce que c'est ? Qu'est-ce que c'est ? — s'écria-t-il. — J'étais le premier occupant... J'ai des droits... — La chose ne finira pas comme ça !!...

Maurice regarda dans le blanc des yeux son interlocuteur et dit du ton le plus calme, mais d'une voix brève, sèche et cassante :

— Mon petit monsieur, prenez garde à ce que vous allez faire ! — Ou vous êtes un goujat ou vous êtes un homme bien élevé... — Dans la première de ces deux hypothèses je vais vous prouver à l'instant que j'ai étudié la boxe anglaise et française avec de fort bons maîtres, et profité de leurs leçons... — Dans la seconde je vous offrirai demain matin un joli coup d'épée, et j'ai la main malheureuse, je crois devoir vous en prévenir... — Dans un cas comme dans l'autre madame et moi nous passerons... Laissez-nous donc passer tout de suite ; croyez-moi, ce sera plus sage !...

Ce petit discours produisit sur son auditeur une impression fort vive.

La perspective de la lutte à main-plate et celle du joli coup d'épée ne souriaient point, paraît-il, au jeune matamore ébriolé.

Il se mit à grommeler des paroles indistinctes, mais, tout en grommelant, il s'écarta.

Le passage se trouvait libre.

Madame Bressolles, dont le cœur battait plus vite que de coutume, entraîna Maurice en se serrant contre lui et en balbutiant :

— Ah ! comme j'ai eu peur...

— Pourquoi donc, madame?...

— J'ai cru que ces drôles allaient vous chercher querelle...

— J'étais prêt à leur tenir tête à tous, vous l'avez vu...

— Et cela pour une femme que vous ne connaissez pas !...

— A-t-on besoin de connaître une femme quand il s'agit de la défendre ? — Le devoir d'un galant homme est tout tracé...

Maurice, se penchant vers Valentine et pressant le bras qu'il tenait, ajouta :

— Et d'ailleurs qui vous dit, madame, que je ne vous connaisse pas ?

La voix du fils d'Aimée Joubert était douce, harmonieuse et tendre, quand il le voulait.

Elle résonna comme une musique exquise aux oreilles de l'impressionnable et fantaisiste madame Bressolles.

— Vous me connaissez?? — murmura-t-elle en levant sur son cavalier de grands yeux qui lançaient des flammes par les trous du masque de velours blanc à barbe de satin bleu.

— Parfaitement... — répondit le jeune homme.

— Menteur ! !

— Je vous jure que je ne mens pas...

— Eh bien, prouvez-le-moi en me disant mon nom...

Tandis que s'échangeaient les répliques qui précèdent Valentine, toujours au bras de Maurice, était arrivée près de la loge louée par ce dernier qui s'arrêta, ouvrit la porte et reprit, en montrant le petit salon :

— Entrez là... ! je vous le dirai...

Valentine recula d'un pas.

— Entrer ! — répéta-t-elle.

— Sans doute...

— Mais c'est compromettant, cela !

— Beaucoup moins que de dialoguer dans un couloir où tout le monde peut vous reconnaître.

Madame Bressolles n'avait fait d'objection que pour la forme ou plutôt pour la pose.

Depuis longtemps elle ne craignait plus de se compromettre.

Elle le prouva surabondamment en franchissant le seuil de la loge où Maurice la suivit et dont il referma la porte derrière lui.

C'était une aventure de bal masqué, une aventure imprévue, piquante, et comme Valentine les aimait.

Avait-elle affaire à un ancien ami ou à un nouvel adorateur ?

Ceci la préoccupait fort agréablement.

Elle se sentait intriguée, et son esprit toujours en travail enfantait déjà une demi-douzaine de petits romans, où la galanterie sinon l'amour jouait le rôle principal.

Toute palpitante, toute vibrante, elle s'assit ou plutôt se laissa tomber sur le divan du petit salon.

Maurice s'assit à côté d'elle, lui prit la main, et soulevant un peu la manche large de son domino, appuya ses lèvres sur le bras satiné que le gant long et les bracelets laissaient à découvert.

— Monsieur, monsieur... — s'écria Valentine d'un ton scandalisé, mais sans retirer son bras. — Que faites-vous donc ?

— Vous le voyez, je vous baise la main...

— Un peut trop haut...

— Jamais assez...

— Vous l'ai-je permis ?

— Non, j'en conviens, mais vous ne me l'avez pas défendu...

— Eh bien ! je vous le défends... — Finissez et causons...

— Je ne demande qu'à causer, pourvu que la

conversation débute par ces mots : — *Je vous aime...*

— Vous m'aimez !...

— Passionnément...

Madame Bressolles se mit à rire...

— Depuis cinq minutes, alors — répliqua-t-elle — et sans me connaître ?

— Depuis que je vous connais, c'est-à-dire depuis un an...

— Je n'en crois pas un mot !

— Pourquoi douter de moi ?

— Vous ne savez même pas mon nom...

— Êtes-vous bien sûre de cela, Valentine ?...

Madame Bressolles tressaillit de la tête aux pieds, comme sous le choc d'une étincelle électrique.

Son nom, prononcé par une voix tendre, produisait sur elle un effet étrange.

Il lui semblait qu'un frisson d'amour effleurait sa chair.

Pourquoi?

Elle n'aurait su le dire, car plus d'une bouche avait prononcé près de son oreille ce nom de *Valentine* sans la troubler ainsi.

— Ainsi, c'est vrai ?... — balbutia-t-elle presque

à son insu. — Vous me connaissez depuis longtemps ?...

— Depuis une année, je vous le répète... Depuis
une année je vous suis de loin... vous voyant passer
belle et charmante... vous désirant... attendant le
moment où je pourrais me rapprocher de vous et
vous faire l'aveu de mon adoration. — Ce moment
est enfin venu... — Tout à l'heure j'ai reconnu
votre voix... Cette voix que j'avais cependant si
rarement entendue... J'ai compris que c'était vous,
et j'ai béni le hasard qui m'offrait cette occasion
de rapprochement souhaitée avec une ardeur si
grande...

— Mais alors, — murmura Valentine, — puisque
je vous suis connue, vous savez...

— Que vous êtes mariée ? — interrompit Maurice. — Certes, je le sais, mais que m'importe ce
mari qui n'a jamais su vous comprendre, qui ne
vous aime pas et que vous ne pouvez aimer ?... —
Que m'importe Ludovic Bressolles ? — Étiez-vous
faite pour cet homme qui n'est que lourd égoïsme ?
— Pouviez-vous, papillon brillant, vivre terre à
terre à côté de lui ? — Que son nom ne soit jamais prononcé quand nous serons ensemble !...
— Oublions-le et ne songeons qu'à nous... — Je

vous aime, Valentine... je vous aimerai toujours...
Aimez-moi !... M'aimerez-vous ?

— Vous aimer ! ! — s'écria madame Bressolles
avec un embarras facile à comprendre. — Mais je.
ne vous connais pas ! Je veux croire que vous êtes
un ami véritable, mais vous pourriez être un indifférent moqueur, vous jouant de ma crédulité et
ne cherchant dans notre tête-à-tête qu'un thème à
récit scandaleux...   .

— Ah ! — répliqua Maurice, — vous ne croyez
point cela ! — Ma voix n'a-t-elle pas l'accent de la
sincérité? de l'amour?

—Votre voix m'émeut et me trouble, mais je
lutte contre ce trouble et cette émotion... Il est des
voix menteuses... — Encore une fois, je ne vous
connais pas !... Qui êtes-vous ?... — Si depuis un
an vous m'aimez, si depuis un an vous me suivez,
il est impossible que je ne vous aie pas vu, sinon
remarqué, bien souvent, dans les endroits où l'on
se rencontre, aux courses, au Bois, au théâtre... —
Montrez-moi donc votre visage, qui sans doute
m'est familier... — Il m'apprendra si je dois vous
croire, et vos yeux me diront si je puis ajouter foi
à l'amour dont parlent vos lèvres...

— Vous démasquerez-vous aussi ? — demanda

Maurice avec un accent passionné. — Me laisserez-vous contempler à loisir ces traits que j'idolâtre ?...

— Oui... — balbutia Valentine palpitante.

Maurice se démasqua.

Un rayon lumineux tomba sur sa figure.

Nous savons que cette figure était ravissante de régularité, de distinction, et qu'elle offrait un cachet artistique très prononcé dont bon nombre de femmes, à commencer par la belle Octavie, subissaient le charme vainqueur.

Valentine éprouva une sensation de joie intense en voyant la délicieuse tête de Maurice qui savait donner à sa physionomie une expression d'ivresse amoureuse.

Ses regards s'attachèrent avidement sur les prunelles ardentes du jeune homme et la flamme qui s'en échappait descendit jusqu'au fond de son cœur.

XXVII

Un sourire vint aux lèvres de Maurice.

Il pensait :

— Jouer la passion, c'est très joli, mais encore faudrait-il connaître le visage de celle qui m'inspire cette passion...

En même temps il étendait la main vers le masque de madame Bressolles pour le lui enlever.

Valentine ne lui laissa point achever ce mouvement.

Elle-même arracha son loup de velours blanc.

Maurice tressaillit, remué profondément par une beauté qu'il ne soupçonnait ni si complète ni si séduisante.

Il noya ses regards dans ceux de Valentine ; —

leurs têtes se rapprochèrent ; — leurs souffles se confondirent ; — leurs lèvres se touchèrent.

Madame Bressolles, dominée pour la première fois de sa vie par une émotion sincère, balbutia en fermant les yeux :

— Oh ! oui, tu dois m'aimer... je le crois... je le sens... car je t'aimerai, moi...

Maurice la prit dans ses bras et la pressa contre sa poitrine.

Il ne jouait plus la passion, il l'éprouvait !...

En ce moment résonnèrent deux petits coups secs frappés contre la porte de la loge.

Le précoce scélérat et la femme coupable dénouèrent leur étreinte et prêtèrent l'oreille.

. . . .

Tandis qu'avait lieu dans la loge de Maurice la petite scène à laquelle nous avons fait assister nos lecteurs, une scène bien différente se passait dans une autre partie de la salle.

Lartigues, pris du désir impérieux de découvrir quel pouvait être ce mystérieux domino noir à masque noir et rouge qui semblait épier Maurice et qui les avait fixés obstinément à plusieurs reprises, Verdier et lui, s'était mis à sa recherche.

Verdier le suivait de loin, très curieux, lui aussi,

de connaître le mot de l'énigme, car cette femme, silencieuse et sombre au milieu de la foule joyeuse et bruyante, l'intriguait, si même elle ne l'inquiétait pas.

Le faux capitaine Van Broecke allait et venait sans rien découvrir.

Le domino qu'il voulait rejoindre semblait avoir quitté les couloirs.

Lartigues entra à l'amphithéâtre et ses yeux explorèrent l'intérieur de la salle, allant des fauteuils de balcon aux loges de tous les rangs.

Ne voyant point celle qu'il cherchait, il regagna la galerie circulaire et prit l'escalier conduisant au second étage.

Là les couloirs étaient moins encombrés, on y pouvait circuler presque à l'aise.

Verdier suivait toujours, et tout en suivant se disait :

— Décidément il ne la trouvera pas... — Je tombe de sommeil et de fatigue... J'ai bien envie d'aller me coucher...

Soudain il s'arrêta.

Pierre Lartigues venait d'aborder le domino noir à masque rouge, qui par un œil-de-bœuf regardait dans la salle.

Verdier se trouvait près d'une loge entr'ouverte où grouillaient des masques canailles, entre lesquels une violente *prise de becs* venait de s'engager.

Il feignit d'accorder son attention tout entière à cette querelle en langage poissard qui devait faire tressaillir de joie l'ombre de feu Vadé, mais il s'arrangea pour ne perdre aucun des mouvements du domino et de Lartigues.

Ce dernier s'était approché de l'inconnue.

Il lui passa de façon cavalière son bras autour de la taille.

Elle se retourna vivement, fit un mouvement brusque pour se dégager et, toisant d'un œil dédaigneux le galant trop hardi, s'écria :

— Que signifie cette impertinence? Laissez-moi, monsieur, je vous prie ! Sans doute vous me prenez pour une autre.

Cet accueil farouche ne déconcerta pas Lartigues.

— Eh! chère belle répliqua-t-il sans se donner la peine de déguiser son organe. — Pourquoi vous effaroucher sans motif?... — Le bal masqué autorise bien des licences, et la pruderie sauvage n'est point de mise ici!... — Vous êtes isolée et je suis seul... — Inaugurons la solitude à deux... — Causons... Voulez-vous ?

Aimée Joubert avait déjà tourné sur elle-même.

Elle allait s'éloigner, bien résolue à ne pas même écouter la réponse de l'impertinent qui abordait les femmes en leur prenant la taille, mais la voix de son interlocuteur la cloua sur place.

Un frisson courut sur sa chair.

Son cœur se mit à battre avec une violence effrayante.

Des gouttes de sueur froide mouillèrent la racine de ses cheveux.

En même temps elle baissait la tête pour cacher l'éclair de ses yeux.

Lartigues ne se rendit pas compte de l'impression produite par le son de sa voix sur le domino noir au masque rouge, mais cette impression n'échappa point à Verdier.

— Qu'a-t-il pu dire à cette femme pour la faire dès le premier mot si violemment tressaillir? — se demanda-t-il; — c'est singulier...

L'idée bien arrêtée de Lartigues était d'engager avec l'inconnue une conversation suivie.

Il continua donc :

— Je suis sûr que vous êtes une personne charmante et bienveillante, et de mon côté je vous assure que je suis homme du monde... — Vous n'avez

15.

donc aucune raison pour refuser de m'entendre et
de me répondre... — J'ai fait une gageure, et vous
seule pouvez m'apprendre si j'ai gagné ou perdu
mon pari.

Aimée Joubert restait muette.

Si son masque en ce moment s'était détaché, son
visage aurait paru effrayant.

Elle n'écoutait point ce que lui disait Lartigues.

Elle n'entendait pas les paroles.

Une seule chose la frappait, le son de cette
voix vibrant à son oreille comme un glas funèbre.

Ses dents claquaient d'épouvante.

Elle se répétait :

— Je suis bien éveillée... je ne suis pas folle...
c'est lui qui parle... c'est lui... c'est Lartigues !...
Dieu n'aurait point permis que la voix d'un autre
homme ressemblât autant à la sienne...

Le complice de Verdier poursuivit :

— Pourquoi ce silence, beau domino ?... — Je
suis certain que vous êtes belle... — Soyez bonne
et répondez-moi... — il s'agit d'un enjeu de cent
louis... — J'ai parié que vous étiez une femme honnête... une femme mariée, une femme jalouse,
venue ici non pour son plaisir, mais pour y sur-

prendre en flagrant délit de *cascade* un mari trop
léger. — Ai-je gagné? — Ai-je perdu?...

La policière se trouvait dans une situation effroyablement difficile.

Elle avait la certitude absolue, matérielle, d'être
en face de Lartigues, ce mortel ennemi qu'elle
cherchait depuis si longtemps, qu'elle cherchait en
vain, qu'à tout prix elle voulait trouver... — Elle
le tenait là, sous sa main, et elle se sentait réduite
à l'impuissance, s'étant volontairement séparée de
ses auxiliaires Jodelet et Martel, Sylvain Cornu et
Galoubet!...

En moins de quelques secondes mille pensées
confuses se succédèrent dans son cerveau.

Aucune n'apportait la lumière avec elle.

Que résoudre?... Que faire?...

Appeler?

Mais qui se rendrait à son appel? — Personne,
ou du moins ceux qui viendraient croiraient à une
plaisanterie de carnaval, à une farce de bal masqué!

Encore une fois, que faire?

Si c'était bien Lartigues cependant, — et le doute
à cet égard lui semblait impossible, — elle ne pouvait le laisser échapper, puisqu'un hasard imprévu,
inespéré, le lui livrait...

Donc il fallait lui rendre la retraite impossible ; il fallait s'attacher à lui, ne le point quitter, jusqu'au moment où elle pourrait utilement agir.

Aimée Joubert jeta autour d'elle un rapide coup d'œil.

Que n'eût-elle pas donné pour voir apparaître au tournant du couloir les *Médecins de Molière* ou le *pierrot* blanc de Martel ?

Hélas ! elle n'aperçut que des promeneurs indifférents, des masques gouailleurs, des imbéciles déguisés en un *monsieur qui s'embête à mort.*

Elle eut un moment de défaillance, mais le sang-froid qui l'avait abandonnée lui revint bien vite, en même temps que la lucidité de son esprit, et elle se retrouva maîtresse de sa volonté.

Toute frissonnante d'horreur elle passa son bras sous celui de l'homme en qui elle croyait reconnaître Lartigues.

— Je saurai bien si je ne me trompe point... — pensa-t-elle. — Le misérable qui m'a perdue avait une cicatrice au pouce de la main gauche...

Alors d'une voix assourdie, de manière à rendre cette voix absolument méconnaissable, elle murmura :

— Ah ! vous avez fait la gageure que j'étais une femme mariée, conduite ici par la jalousie ?...

— Oui. — Ai-je gagné ?

— Peut-être...

— Ce n'est pas répondre...

— Que pariait votre adversaire ?

— Que vous étiez une femme en quête d'une aventure... — A-t-il perdu ?

Au lieu de répondre, Aimée Joubert demanda :

— Et l'enjeu du pari était de cent louis ?

— Oui.

— Tenez-vous à gagner ces cent louis ?

— J'y tiens surtout pour la joie du succès, car je suis riche et si, grâce à vous, je triomphe, je compte vous prier de m'autoriser à partager l'enjeu avec vous...

Tandis que son interlocuteur parlait ainsi, Aimée Joubert se répétait :

— C'est lui ! c'est bien lui !! — Il est impossible que deux hommes aient identiquement la même voix, et depuis vingt-trois ans la sienne n'a pas changé...

Lartigues reprit :

— Voyons, est-ce entendu ? — Ai-je gagné et partageons-nous ?...

XXVIII

Aimée Joubert tenait par-dessus tout à prolonger l'entretien.

Qui sait si, en gagnant du temps, un auxiliaire imprévu ne viendrait pas à son aide?

Dans ce but elle demanda :

— Mais, en supposant que vous ayez gagné, qui le prouverait?

— Votre affirmation... — dit Lartigues.

La policière secoua la tête.

— Mon affirmation ne prouverait rien...—répondit-elle. — Votre ami aurait parfaitement le droit de ne point s'en rapporter à ma parole, et d'exiger d'autres preuves...

— On les lui donnerait.

— Comment?

— Il doit y avoir ici des gens qui vous connaissent?...

— Il y en a... j'en ai rencontré plusieurs.

— Eh bien! démasquez-vous, et nous prendrons pour arbitre du pari la première personne qui vous saluera en passant...

Madame Rosier haussa les épaules.

— C'est insensé ! — répliqua-t-elle.

— Pourquoi?

— Vous imaginez-vous par hasard qu'étant ici pour guetter et surprendre mon mari, il me convient de montrer ma figure au premier venu... — Votre pari prétendu n'est d'ailleurs qu'un prétexte dont je ne suis pas dupe...

— Que supposez-vous donc? — fit Lartigues très surpris.

— Que vous m'engagez à ôter mon masque pour savoir si je suis jeune et jolie...

— Jolie?... vous l'êtes... j'en suis sûr... je le devine...

— Votre galanterie vous abuse... — Je suis laide...

— Je n'en crois rien...

— Vous avez tort... — Si vous voyiez en ce moment mon visage, je vous ferais peur...

Aimée Joubert ne mentait point.

Sous son loup de velours noir à barbe rouge, sa figure offrait une paleur cadavéreuse.

La haine, la soif de vengeance, la crainte de voir Lartigues lui échapper, si c'était bien Lartigues qui se trouvait près d'elle, décomposaient ses traits.

— A mon tour de ne pas vous croire !... — répliqua le bandit. — J'ai la certitude absolue que vous êtes charmante et désirable... J'en ai plus que la certitude, j'en ai la preuve...

— La preuve ? — répéta madame Rosier avec un accent interrogatif.

— Oui...

— Quelle preuve ?

— Mon cœur bat auprès de vous, ce qui n'arriverait pas si vous étiez laide... c'est un symptôme qui ne m'a jamais trompé...

La policière se mit à rire.

— En vérité ! — s'écria-t-elle, — vous êtes étonnant à votre âge ! — Vous vous emballez comme un jeune homme...

— Qui vous dit que je ne suis pas un jeune

homme ? — demanda vivement Lartigues, — Est-ce
ma voix ?... est-ce ma tournure ?...

— Ni l'un ni l'autre, mais je possède le don de
double vue.

— Êtes-vous somnambule lucide ? cartoman-
cienne ? chiromancienne ?

— Un peu tout cela, et plus encore puisque, grâce
à la double vue dont je vous parle, je distingue vos
traits sous votre masque, et la forme de votre corps
sous le domino qui l'enveloppe. — Il me serait facile, si je cherchais bien, de vous dire qui vous
êtes, de vous parler de votre passé et de votre
avenir.

— C'est impossible.

— Vous doutez de ma science ?

— Parfaitement... ou pour mieux dire, je n'y
crois pas.

— Je vais donc vous confondre... — Donnez-
moi votre main...

— Laquelle ?... — demanda Lartigues en riant.

— La gauche.

— Côté du cœur. — La voici.

— Otez votre gant.

— C'est juste.

Le complice de Verdier ôta son gant et tendit à

son interlocutrice sa main blanche et soignée, mais dont les doigts courts et carrés du bout décelaient les pires instincts...

Aimée Joubert saisit cette main, l'examina et ne put contenir un léger tressaillement.

— La cicatrice y est... — se dit-elle; — c'est bien lui...—Je le tiens... il ne faut pas qu'il m'échappe...

— Eh bien ! — demanda Lartigues, — que voyez-vous dans ma main ?...

— Beaucoup de choses...

— Je ne serais pas fâché d'en connaître quelques-unes...

— Vous dépassez la cinquantaine... vos cheveux sont blancs et frisés... Vous avez voyagé beaucoup... vos passions sont violentes, et...

La policière s'arrêta.

— Et ? — fit Lartigues qui, très intrigué, très impressionné, commençait à trouver la chose infiniment curieuse.

— Je ne puis vous en dire davantage... ici du moins...

— Où donc achèverez-vous ?...

— Dans un endroit où nous serons seuls... où personne ne pourra nous entendre...

— Un cabinet particulier fera parfaitement notre

affaire si vous voulez bien accepter le souper que
je vous offre.

Madame Rosier parut indécise.

— N'hésitez pas ! — reprit Lartigues. — Vous
n'avez rien à craindre de moi, je suis un galant
homme, votre don de double vue — (auquel je
commence à croire) — doit vous en donner la certitude...

— Eh bien ! j'accepte...

— Partons alors...

— Rien ne presse... — Donnez-moi votre bras...
faisons ensemble quelques tours dans le bal et nous
partirons...

— Je suis à vos ordres...

Aimée Joubert, frissonnant de nouveau, passa
son bras sous le bras de Lartigues et ils s'éloignèrent ensemble.

Le but et l'espoir de la policière, — il est presque superflu de l'indiquer à nos lecteurs, — étaient
de rencontrer un homme de la brigade de sûreté, de
lui faire au passage un de ces signes que les initiés
seuls comprennent et qui suffirait pour réunir autour d'elle en quelques minutes une dizaine d'agents
prêts à lui prêter main-forte.

De son poste d'observation Verdier avait tout vu.

La femme au domino noir lui paraissait singulière.

Ce qui venait de se passer lui semblait étrange et suspect.

Pourquoi Lartigues avait-il ôté son gant et présenté sa main ?

Pourquoi le tressaillement de l'inconnue tandis que ses yeux se fixaient sur cette main ?...

A coup sûr tout cela n'était point naturel.

Verdier suivit du regard le couple, et il allait le suivre de fait lorsque quelques mots échangés à côté de lui par deux hommes déguisés en médecins de Molière attirèrent son attention.

— Oh ! oh ! — disait l'un qui n'était autre que Galoubet. — Voilà la patronne qui se paye de *lever* un jeune premier... C'est pour ça qu'elle nous a donné congé tout à l'heure... paraîtrait qu'elle est fantaisiste, la patronne.

— Ils connaissent cette femme... — pensa Verdier en redoublant d'attention.

Sylvain Cornu répondit à son compère :

— Elle n'avait pas besoin de nous amener à l'Opéra... — C'est point ici qu'elle mettra la main sur le particulier du Père-Lachaise, et j'aurais mieux aimé aller au Wauxhall ou à la Boule-Noire. C'est plus chic !

— Bah ! laisse donc ! T'es rien difficile, toi... — Moi ça me botte d'avoir mes entrées partout comme ça... — J'aimerais être attaché tout le temps au service particulier de la patronne... Elle nous ferait voir des choses épatantes...

— Possible... mais j'en suis pour ce que j'ai dit... je préfère le Wauxhall...

Verdier ne s'attarda point à écouter la suite de l'entretien des deux médecins de Molière.

Dès les premiers mots il avait compris que ces hommes étaient des gens de la police sous les ordres immédiats de la femme à qui Lartigues, en ce moment, donnait le bras.

Donc le faux capitaine Van Broecke courait un immense péril !

Sans perdre une seconde Verdier s'élança sur les traces du couple afin d'arracher Lartigues aux mains de sa dangereuse compagne.

Le couple avait disparu.

Verdier descendit rapidement l'escalier et s'engagea dans les couloirs du premier étage encombrés par la foule.

En passant devant la loge de Maurice, il frappa vivement deux coups contre la porte.

Telle était l'origine du bruit inattendu qui venait

de rompre le charme sous lequel se trouvaient Valentine Bressolles et le jeune homme :

Maurice s'élança, reconnut celui qui venait de frapper, et demanda d'une voix un peu émue.

— Qu'y a-t-il donc?

Verdier se pencha vers lui et prononça quelques mots à son oreille.

Le fils d'Aimée Joubert devint très pâle et se mit à trembler.

Il se tourna vers Valentine et lui dit :

— Permettez-moi de vous quitter un instant... — Je vais revenir et je serai tout à vous...

Puis il sortit, referma derrière lui la porte de la loge, et entraîna Verdier en murmurant :

— Il faut les chercher... il faut les trouver... il faut arracher Lartigues au piège dans lequel il est près de tomber... — Fatale idée que d'avoir voulu connaître cette créature !

Les deux hommes marchaient, hâtant le pas, fendant la cohue, coudoyant tout le monde, bousculant ceux qui leur barraient le passage.

On les prenait généralement pour des fous, ou tout au moins pour des gens affolés par l'ivresse.

— Vous d'un côté... — dit Verdier, — moi de l'autre...

Ils se séparèrent en se tournant le dos.

Au bout d'un quart d'heure ils se retrouvèrent en face l'un de l'autre à leur point de départ, et du regard ils s'interrogèrent mutuellement.

— Rien... fit Maurice.

— Rien... — répéta Verdier comme un écho.

XXIX

Les deux complices, désappointés et silencieux, jugeant inutile de se séparer de nouveau, descendirent ensemble le grand escalier et gagnèrent le vestibule.

Verdier poussa tout à coup une sourde exclamation.

— Qu'y a-t-il ? — demanda Maurice.

— Voyez !... Là...

Et le faux abbé Méryss montrait le domino noir à nœud rouge, attendant à la porte du vestiaire Lartigues qui était occupé à se faire rendre son pardessus.

Aimée Joubert regardait autour d'elle, espérant

toujours qu'un agent de la sûreté lui apparaîtrait.

Se croyant sûre que Lartigues ne pouvait lui échapper, elle avait un instant cessé de le suivre des yeux.

Verdier se glissa dans la foule, s'approcha de Lartigues et lui dit à l'oreille, tout en arrachant le flot de rubans placé sur son épaule et qui pouvait le faire reconnaître.

— Quitte cette femme ou tout est perdu...

— Pourquoi perdu? — murmura le bandit stupéfait.

— Elle est de la police... — Viens...

Et Verdier entraîna Lartigues au milieu de la cohue qui se pressait aux abords du vestiaire.

Tous deux avaient déjà disparu quand la policière, s'étonnant que sa proie tardât si longtemps à la rejoindre, se mit à sa recherche.

Maurice avait tout vu et, sans inquiétude désormais, il était remonté près de Valentine qui l'attendait avec impatience.

Aimée Joubert allait et venait, regardant à droite et à gauche, terrifiée, tremblante, éperdue.

— Il m'a devinée!... — balbutia-t-elle alors d'une voix sourde. — Il a pris la fuite!! — Il m'échappe!!

— Je le tenais et je le perds ! Ah ! le diable protège cet infâme ! !

Après ce court monologue, elle courut au bureau de police placé dans l'intérieur du théâtre.

Là, en quelques mots, elle expliqua au commissaire de service ce qui venait de se passer.

Des agents furent lancés dans toutes les directions.

Trop tard !...

Cette fois encore Pierre Lartigues était sauvé.

Il avait pris à pied le chemin de la rue de Suresnes où il arriva sans encombre.

Verdier, lui, resta dans le bal, avec l'intention bien arrêtée de se faire espion à son tour, et de découvrir quelle était la femme au domino noir et au masque rouge. — intention qu'il lui fut d'ailleurs impossible de réaliser.

*
* *

Une semaine s'écoula après les événements, ou plutôt après les incidents que nous venons de raconter.

Pendant quelques jours Lartigues et Verdier se tinrent sur leurs gardes.

Maurice lui-même évita de se rendre trop souvent au petit hôtel de la rue de Suresnes, dans la crainte vague qu'une surveillance ne fût établie aux environs par la police.

Cependant, tout restant calme et rien ne pouvant faire présager un péril quelconque, on résolut de laisser Maurice agir du côté de Marie Bressolles.

Nous avons dit que Verdier avait échoué dans la recherche entreprise au bal de l'Opéra.

Le domino noir au masque rouge ne put être retrouvé par lui.

Il n'en fut pas de même des deux médecins de Molière dont la conversation lui avait révélé la qualité de policière du domino noir, — il les rencontra de nouveau, il s'attacha à ne pas les perdre de vue, il les suivit quand ils quittèrent l'Opéra au point du jour, et il acquit la certitude qu'ils habitaient à l'île Saint-Louis le garni que nous connaissons.

— Peut-être, à un moment donné, cette découverte pourra-t-elle servir à quelque chose... — se dit-il.

Lartigues ne se dissimulait point la gravité du péril qu'il avait couru.

Il gardait la conviction que ce péril pouvait renaître d'une heure à l'autre, et ses deux complices étaient d'un avis identique.

Donc il fallait redoubler de prudence et de circonspection et se tenir sans cesse sur ses gardes.

Dans cette affaire, où tout était mystérieux, une chose intriguait particulièrement les trois hommes.

Ils se demandaient en vain comment la femme au masque rouge pouvait connaître Maurice dont elle avait prononcé le nom.

En outre, ils se posaient cette question :

— A-t-elle reconnu Lartigues?

Si invraisemblable que parût la chose, la logique imposait une réponse affirmative.

Verdier se souvenait à merveille qu'il avait vu le mystérieux domino tressaillir à plus d'une reprise, tandis que Lartigues lui parlait.

Quoi de plus significatif que le prétexte mis en avant par cette femme pour obliger son interlocuteur à se déganter et à lui montrer sa main gauche.

Elle voulait simplement constater l'existence d'une cicatrice, signe particulier autrefois porté sur le signalement de l'assassin de la comtesse Kourawieff.

Cette cicatrice équivalait à un certificat d'identité.

Tout cela paraissait indiscutable.

Cependant Lartigues et Verdier arrivaient toujours à cette conclusion :

— Après vingt-trois ans, que peut-on craindre ?
— Tout est prescrit...

Et ils n'hésitaient point à suivre la route tracée par Michel Brémont, l'associé de Londres, l'ex-homme de confiance de feu Armand Dharville.

Maurice avait revu deux fois Valentine.

La femme de l'ex-architecte Bressolles était littéralement folle du jeune homme, — et ne se faisait point faute de le lui prouver.

A l'hôtel Bressolles tous les changements qui rendaient si malheureux le pauvre Ludovic, en troublant l'habituelle tranquillité de son existence, étaient terminés.

L'ex-architecte et sa fille n'avaient lancé qu'un petit nombre de lettres d'invitation, mais Valentine s'en était montrée prodigue.

La première soirée dansante devait avoir lieu le lendemain.

A la pensée de cette réception, Marie sentait son cœur battre joyeusement.

Elle y verrait certainement Albert de Gibray, qu'elle rencontrait chaque matin chez Gabriel

16.

Servet, dans l'atelier de la rue Vavin ; Albert qu'elle aimait presque à son insu du plus innocent, du plus chaste de tous les amours...

Le jour qui précédait cette fête Paul de Gibray, le juge d'instruction, était rentré chez lui vers cinq heures, fatigué ou plutôt écrasé par le travail énorme résultant pour lui du double crime du Père-Lachaise et de la rue Montorgueil.

Il s'était retiré dans son cabinet et, prenant sa tête lourde entre ses mains fiévreuses, il cherchait, sans la trouver, la solution du noir problème.

L'arrivée de son fils le tira de son isolement et interrompit son travail acharné mais infécond.

— Père, — lui dit le jeune homme en serrant avec une expression de tendresse infinie les deux mains que le magistrat lui tendait, — je parie que tu es encore plongé jusqu'au cou dans cette abominable affaire qui trouble le sommeil de tes nuits et fait blanchir tes cheveux...

— Ton pari est gagné, cher enfant, — répondit le juge.

— Ne peux-tu donc laisser tes préoccupations au Palais, dans ton cabinet?...

— Impossible...

— Pourquoi ?

— Parce que mes préoccupations me suivent partout et que j'essaye vainement de les éloigner...

— Aussi longtemps que le mot de l'énigme à résoudre reste inconnu pour moi, elles ne me quittent point, s'asseyant à ma table et partageant ma couche.

— Ce qui veut dire que le mot de l'énigme n'est point trouvé?

— Hélas !

— Tu n'as rien de nouveau?

— Rien...

— Quoi, ni le moindre indice, ni la plus légère trace?

— Les indices ne nous manquent point... nous tenons une piste et cependant nous restons stationnaires!!! L'affaire n'avance pas !...

— Alors, tu es découragé?

— Découragé? — Nullement... — Énervé, voilà tout... — Ah! nous avons affaire à de bien adroits coquins; mais malgré leur habileté ils se livreront quelque jour, ainsi que l'un d'eux a failli le faire dernièrement à l'inauguration du bal de l'Opéra...

— S'ils doivent se livrer eux-mêmes, tout est pour le mieux dans le meilleur des mondes... — dit Paul en souriant. — Cesse dont de te creuser le cer-

veau, de rider ton front, de pâlir ton teint... —
Sois magistrat au Palais tant qu'il te plaira, mais
redeviens ici simple particulier, homme du monde
comme tout le monde, et causons...

— Je ne demande pas mieux... Causons. — A
propos, j'ai une question à t'adresser...

— Laquelle ?

Paul de Gibray prit une enveloppe carrée sur son
bureau.

Il en tira deux carrés de papier rose glacé et il
demanda :

— Tu connais la famille Bressolles?

— Oui, père... — répondit le jeune homme dont
l'incarnat le plus vif colora subitement les joues.

— M. Ludovic Bressolles, paraît-il, donne demain une soirée en son hôtel de la rue de Verneuil,
et j'ai reçu deux invitations : l'une pour toi, l'autre
pour moi...

— Père, je savais que tu devais être invité...

— Comment le savais-tu? — Est-ce que tu
connais particulièrement M. Bressolles ?...

— Je le vois presque tous les jours depuis quelque temps... C'est un ancien architecte, très riche,
un homme excellent et charmant... Il a une fille
adorable...

Albert s'arrêta brusquement.

Il venait de voir les yeux de son père fixés sur lui, et l'expression du regard paternel trahissait la surprise.

— Eh bien ! — demanda le juge d'instruction, — pourquoi t'interromps-tu ?

— Père, j'ai fini...

— Où as-tu connu ce M. Bressolles *qui a une fille adorable ?*

M. de Gibray appuya sur ces derniers mots.

— Je l'ai connu chez Gabriel Servet, notre ami et mon maître... — répondit Albert. — Mademoiselle Marie Bressolles, conduite par son père, vient poser chaque matin pour son portrait en pied de grandeur naturelle.

XXX

— Ainsi, — reprit M. de Gibray, après une ou deux secondes de silence, — cette jeune fille s'appelle *mademoiselle Marie?*

— Oui, père, un joli nom, n'est-ce pas?

— Et elle est jolie comme son nom, sans doute ?

— Cent fois plus... — Une tête angélique, un profil raphaélesque !... Avec cela bonne et douce, simple, gracieuse, bienveillante...

— Enfin, toutes les qualités, tous les mérites, toutes les vertus! — fit le juge d'instruction non sans quelque ironie. — Ainsi voilà monsieur mon fils amoureux à dix-neuf ans !!

— Père... — murmura le jeune homme d'un ton câlin.

— Amoureux ! ! — répéta M. de Gibray, — amoureux à ton âge, c'est de la folie pure ! !

— Pourquoi cela ?... — répliqua vivement Albert.

— Tu es un enfant !

— Mon père, je suis un homme déjà, quoique que je n'aie que dix-neuf ans... — Dans quelques mois je passerai ma thèse, et je te promets d'obtenir l'unanimité des boules blanches !... — Dans un an je serai docteur en droit, avocat, et j'aurai des clients car, grâce à toi, le nom que je porte est connu et honoré au Palais, et je saurai par ma conduite, par mon talent peut-être, m'attirer toutes les sympathies... — Est-ce que tu en doutes ?

— Non, certes, je ne doute pas de ton avenir... — J'ai la conviction qu'il sera brillant, et que ton mérite et ton travail te conduiront très haut...

— Eh bien ! — reprit Albert avec feu, — n'ai-je pas le droit, au moment où je vais prendre dans le monde une place de travailleur et d'homme utile, de penser à choisir une fille bien née, bien élevée, charmante, qui deviendra ma femme, qui t'aimera comme je t'aime, et réussira mieux que moi peut-être à chasser de ton front ces gros nuages qui s'y amoncellent quelquefois et qui l'assombrissent ?...

— Bref, tu songes à te marier ?

— N'est-ce pas à ce but que doit tendre un homme ?

— Un homme, oui...

— Eh bien ?

— Eh bien, cher fils, tu as dix-neuf ans... On n'est pas un homme à dix-neuf ans... — Quel âge a mademoiselle Bressolles ?

— Dix-huit ans... mais c'est déjà une femme accomplie... Un cœur d'or... une âme d'une pureté céleste et d'une charité sans bornes... — Quand je vois Marie Bressolles je me souviens du charme infini et de l'angélique bonté de ma mère que nous pleurons encore... que nous pleurerons toujours...

Le magistrat, en entendant ces mots, ne put dissimuler l'émotion qui s'emparait de lui.

Albert poursuivit, d'une voix dont les cordes semblaient mouillées de larmes :

— Il me semble que je retrouve en Marie l'âme et le cœur, la voix et le sourire de ma mère... Je l'aime enfin comme tu aimais ma mère.

En parlant ainsi le jeune homme avait pris les deux mains de son père et les serrait entre les siennes.

Ses paupières étaient humides.

Deux grosses larmes roulèrent sur ses joues, au

souvenir de sa mère adorée morte en pleine jeunesse.

M. de Gibray releva son front plissé par de cruels
souvenirs, attira son fils sur son cœur et l'embrassa
à plusieurs reprises.

— Cher enfant, — murmura-t-il, — tu l'aimes
donc bien, cette jeune fille ?...

— Père, comme je t'aime... de toutes les forces
de mon âme...

— Prends garde...

— A quoi ?

— On se trompe souvent quand on écoute les
premiers battements de son cœur. On se laisse
prendre aux rêves décevants d'un premier amour...

— Est-ce possible ?

— Non seulement c'est possible, hélas ! mais
c'est fréquent... et quand on s'aperçoit trop tard
de son erreur, on souffre cruellement, on souffre
d'un mal inguérissable, à moins que celle à qui l'on
s'était donné ne porte elle-même le fer et le feu
dans la blessure, et ne la guérisse en vous prouvant
qu'elle était indigne de votre tendresse et de l'a-
mour de tout galant homme.

Albert fut très frappé du ton d'amertume avec
lequel cette dernière phrase avait été prononcée.

— Père, — dit-il, — ou je m'abuse étrangement, ou tes paroles sont l'expression d'un souvenir funeste que notre entretien t'a rappelé tout à coup...

— Tu ne te trompes pas et ce souvenir me fait peur pour ton amour à toi...

— Me permets-tu de te demander s'il s'agit d'un souvenir personnel ?

— Personnel, oui.

— Tu avais donc aimé avant d'aimer ma mère ?

— A ton âge, inexpérimenté comme toi, et comme toi plein d'une ardeur naïve, j'avais senti battre mon cœur pour une enfant à qui j'accordais libéralement toutes les vertus... — Je la croyais chaste et modeste, charitable et bonne, angélique enfin... — Je l'adorais...

— Elle ne t'aima point ? — s'écria le jeune homme.

— Elle m'aima... — répondit M. de Gibray. — Elle me jura du moins qu'elle m'aimait, et comment aurais-je pu douter de ses serments quand je la vis sacrifier son honneur de vierge et se donner à moi ? — Pouvais-je recevoir une preuve plus forte d'immense tendresse et d'infinie confiance ? — Eh bien, cette preuve était menteuse ! — Je me trouvais en face non d'une nature aimante, mais d'une nature vicieuse et corrompue... — Un caprice et non l'amour m'avait livré cette enfant perverse ! — Il me fut impossible de ne le point comprendre, et la passion céda la place au mépris...

— Le mépris... — répéta douloureusement Albert.

— Oui, car celle que j'aimais, celle à qui j'avais offert de devenir ma femme, disparut bientôt sans souci du désespoir qu'elle allait me causer... — Elle était enceinte, je le savais... Je la cherchai partout pour lui enlever un enfant qui m'appartenait et à qui je voulais au moins donner mon nom... — Il me fut impossible de la retrouver... — Un jour cependant, le hasard mit sous mes yeux sa trace que je reperdis presque aussitôt, mais les renseignements acquis suffirent pour me donner la certitude que mon ancienne maîtresse vivait seule et qu'elle ne passait point pour avoir été mère...

» Qu'était devenue l'enfant ?

» Nul ne le savait...

» Je dus croire que Valentine, — (la misérable créature s'appelait ainsi), — avait volontairement fait disparaître la preuve vivante de sa faute, soit afin de pouvoir un jour tromper la confiance d'un

honnête homme, soit afin de marcher plus libre-
ment dans la voie de la galanterie où l'attiraient
tous ses instincts... — Celle que j'ai aimée jadis
doit être une courtisane aujourd'hui...

— Mais c'est horrible, cela ! — fit Albert épou-
vanté.

— Ce n'est que trop vrai cependant...

— Cette femme n'avait donc point de famille ?...

— Elle avait un frère... un honnête homme, à
qui la honte de sa sœur a dû porter un coup ter-
rible...

— Vous vous êtes renseigné auprès de lui ?...

— Je ne le pouvais pas... — A quel titre l'aurais-
je fait ? — Les apparences étaient contre moi... —
On devait m'accuser d'avoir détourné de ses devoirs une jeune fille innocente... — Ce frère lui-
même disparut bientôt... — Il avait, disait-on,
quitté la France... — Je n'ai jamais entendu parler
de lui depuis lors... — J'oubliai l'odieuse créature,
je me dis que l'enfant était mort et je cherchai la
consolation dans le travail, mais mon cœur avait
été brisé !... Un scepticisme farouche avait remplacé
mes illusions juvéniles, je ne croyais plus ni à la
vertu, ni à l'amour, et il fallut que Dieu mît sur
mon chemin la sainte femme qui fut ta mère pour

me ramener à des idées saines, et pour me prouver
que si dans ce monde il est des démons il est
aussi des anges !... — Que l'expérience si chère-
ment acquise à mes dépens te serve, mon Albert...
Réfléchis bien ! ! — On ne se repent jamais d'avoir
attendu... — On se prépare au contraire d'effroya-
bles désillusions quand on cède en aveugle à son
premier entraînement.

— L'enfant dont je vous ai parlé est pure et
chaste comme les anges ! — s'écria le jeune homme.

— J'ai dit cela, moi aussi... — répliqua Paul de
Gibray.

— Elle est incapable d'une faute...

— Moi aussi, j'ai cru cela...

— Père, ne la juge pas sans la connaître ! Je
veux que tu la voies...

— La voir !... — Et, comment la verrais-je ? —
Tu sais que depuis longtemps déjà, depuis la mort
de ta mère, je ne vais plus dans le monde...

— Je sais cela, mais je sais aussi qu'il s'agit de
mon avenir, du bonheur de ma vie, et j'ai la certitude que tu ne me refuseras point de rompre pour
une fois avec tes habitudes de retraite en venant
chez M. Bressolles où tu trouveras notre ami Gabriel Servet...

— Gabriel sera donc à cette soirée ?

— Oui, père, et tu nous accompagneras, n'est-ce pas ?... — Je souhaite si ardemment que tu connaisses Marie et son père...

— Tu ne me dis rien de sa mère...

— Je ne t'en dis rien parce que je ne la connais pas...

— Elle n'accompagne donc pas sa fille à l'atelier de Gabriel ?

— Non... — je ne l'ai jamais vue. — Père, je veux que tu juges par tes propres yeux si celle que j'aime est digne d'être ta fille... — Voyons, laisse-toi fléchir... Promets-moi de m'accompagner... — Nous resterons à cette soirée aussi peu de temps que tu voudras...

— Tu sais bien, cher enfant, que lorsqu'il faut te refuser quelque chose, le courage me manque...

— Ainsi, tu viendras ?

— Je te le promets...

— Ah ! que tu es bon ! — Tu es le meilleur des pères ! — s'écria joyeusement Albert en embrassant le magistrat avec effusion. — Aussitôt après dîner j'irai trouver notre ami Gabriel pour lui annoncer cette bonne nouvelle...

Le valet de chambre entra.

— Monsieur est servi... — dit-il.

Albert, dont le cœur débordait de joie, embrassa encore une fois son père, puis tous deux, se tenant par la main, quittèrent le cabinet de travail et gagnèrent la salle à manger.

XXXI

Le lendemain soir l'hôtel Bressolles, habituellement silencieux, était resplendissant de lumières et plein de bourdonnements joyeux.

Les salons, remis à neuf et meublés richement avec un goût exquis faisant grand honneur à l'ex-architecte, regorgeaient de monde.

Nous devons à la vérité de convenir que les invités manifestaient quelque étonnement en voyant un tel luxe chez un homme très connu pour ses habitudes simples et modestes, comme l'était Ludovic Bressolles. Mais, des explications échangées à voix basse, il résultait que ces magnificences insolites devaient être attribuées à l'initiative de madame Valentine Bressolles, une mondaine, celle-là, à qui plaisait tout ce qui brille !..

Le grand salon où l'on devait danser était garni de fleurs et de plantes rares qui le transformaient en un véritable jardin d'hiver.

Dans l'origine il n'était question que d'une simple *sauterie* au piano.

Valentine, trouvant le piano mesquin, l'avait remplacé par un orchestre peu nombreux mais bien choisi.

Des tables de jeu étaient placées dans les deux petits salons et dans le boudoir de Valentine.

Des buffets amplement garnis se dressaient aux deux extrémités de la salle à manger.

Vers dix heures du soir, la fête était dans tout son état. Madame Bressolles se multipliait.

Elle semblait se trouver partout à la fois, voyait tout, dirigeait tout, répondait à tout le monde et recevait avec un charmant sourire les compliments qu'on lui prodiguait.

Ludovic Bressolles, lui aussi, se prodiguait à ses invités, ou plutôt à ceux de sa femme, mais il jouait son rôle de maître de maison sans entrain, sans conviction, uniquement parce qu'il lui semblait

17.

indispensable de jouer ce rôle, et qu'il était avant tout l'homme du devoir.

Quant à Marie, elle était bien réellement la jeune et rayonnante reine de la soirée, et cependant, malgré la joie qu'elle éprouvait et qu'elle ne cherchait point à cacher, il y avait par moments une ombre sur son front, quand ses regards interrogeaient vainement la porte du grand salon.

C'est qu'elle était impatiente d'y voir apparaître celui à qui elle pensait sans cesse, et le peu d'empressement d'Albert de Gibray lui causait une surprise facile à comprendre.

Valentine, malgré tout le mouvement qu'elle se donnait, avait comme sa fille une préoccupation très vive et parfois visible. — Elle aussi semblait attendre quelqu'un et s'étonner d'un retard inexplicable.

Ses lèvres souriaient sans cesse, mais on aurait pu voir un pli presque imperceptible se creuser sur son front entre ses deux sourcils délicats.

Elle s'approcha d'un groupe composé de jeunes gens et de jeunes femmes.

On y causait avec animation.

Une jolie personne de vingt-huit à trente ans, grande et brune, très élégante, avec une physiono-

mie naïve et de beaux yeux qui n'exprimaient absolument rien, sauf le contentement d'elle-même,
tenait le dé de la conversation.

Cette conversation roulait sur les articles pu-
bliés par les journaux au sujet du double crime du
Père-Lachaise et de la rue Montorgueil.

— Croyez-vous à ces crimes ? — demandait la
jolie brune, qui se nommait madame Pernollet ; —
y croyez-vous sincèrement, chère madame Laurier ?

— Comment, si j'y crois? — répondit la personne
interpellée ; — mais, certes, j'y crois.

— Vous avez peut-être tort.

. — C'est vous qui avez tort certainement... —
Pouvez-vous nier tant de faits positifs, acquis, in-
discutables, connus de tout le monde ? Les cadavres trouvés, l'un dans un tombeau et l'autre dans
une voiture de place ? Les témoins entendus par
le juge d'instruction ? Les corps exposés à la Morgue ? Ces détails enfin dont les journaux de Paris
sont remplis chaque matin ? Pouvez-vous nier tout
cela?

— Je ne nie pas d'une façon absolue, mais je
doute...

— C'est de la folie pure !

— Pas déjà tant!! — Avez-vous cru à l'assassinat
de la famille Kink, vous ?...

— Sans doute...

— Eh bien, moi, non...

— Chère madame Pernollet, ce que vous dites là
est de plus en plus insensé !...

— A votre point de vue, mais point au mien...

— Je serais curieuse, je l'avoue, de connaître
votre explication.

— Elle est bien simple, et la voici : — Le drame
du champ Langlois était une histoire inventée par
la police...

— Dans quel but ?

— Dans le but d'attirer l'attention des Parisiens
de ce côté... — Tandis qu'ils s'occupaient du champ
Langlois, ils ne songeaient point à la politique, et
cette politique devait nous amener la guerre...

Un certain nombre des auditeurs accueillirent
par d'ironiques sourires l'idée singulière émise par
madame Pernollet, idée qui du reste fut partagée
par une foule de naïfs à l'époque du jugement de
Tropmann.

De même, à une époque plus reculée mais dont
nos contemporains se souviennent, la mort du duc

de Praslin, suicidé ou empoisonné dans sa prison, trouva d'innombrables incrédules.

Beaucoup de gens prétendirent avoir rencontré dans les rues de Londres le duc vivant et bien portant.

— Riez... Riez tant qu'il vous plaira !... — reprit la jolie madame Pernollet. — Ma conviction est faite et rien ne m'en fera démordre... — Qui vous dit que le gouvernement, ayant à manigancer quelque chose dont il ne veut point qu'on s'occupe, ne suit pas l'exemple de la police impériale au sujet de la famille Kink, et ne s'arrange pas pour attirer l'attention d'un autre côté ?

En ce moment Valentine Bressolles intervint :

— Alors, selon vous, chère amie, — demanda-t-elle, — les crimes que l'on commet présentement à Paris seraient de pure fantaisie ?

— En grande partie du moins, mon Dieu, oui !... — Les journalistes ont besoin de nouvelles émouvantes et, comme ils ont l'imagination féconde, ils inventent des assassinats et des victimes... C'est tout bonnement le roman-feuilleton transporté dans les faits divers.

— J'admets l'exagération des journalistes à propos de certains faits sans importance qu'ils grossissent outre mesure, — reprit madame Bressolles, — mais vous ne me ferez jamais partager votre incrédulité paradoxale au sujet du crime de ce Tropmann dont on a vu tomber la tête, ni du double assassinat dont les victimes reposent peut-être encore sur les dalles de la Morgue... — Nier cela, c'est nier l'évidence !

Madame Pernollet fit la moue et hocha la tête sans répondre, mais d'un air qui signifiait clairement :

— Moi seule ai raison contre tout le monde...

Une très jeune femme demanda :

— Enfin, on n'a pas encore trouvé l'assassin, puisqu'il paraît qu'il n'y en a qu'un et qu'il s'est servi de la même arme pour les deux meurtres ?

— Pas encore, malheureusement...

— Comment vous représentez-vous cet assassin ?...

— Je me figure un forçat en rupture de ban, ou quelque chose de ce genre, — répondit madame Bressolles, — un être hideux, farouche, effrayant.

— Oui... oui... — appuyèrent deux ou trois voix. Valentine continua :

— Un de ces bandits sinistres comme on en voit au théâtre dans les drames, ou sur les bancs de la cour d'assises.

A cette minute précise un valet, debout à la porte du salon, annonça :

— Monsieur Maurice Vasseur...

Madame Bressolles tressaillit.

Une lueur passa dans ses prunelles, tandis qu'un joyeux sourire écartait ses lèvres et que ses joues se coloraient légèrement.

Quittant le groupe où madame Pernollet débitait ses paradoxes un peu bébêtes, elle se dirigea rapidement vers le jeune homme qu'elle rejoignit au moment où Ludovic Bressolles s'inclinait devant cet invité qu'il ne connaissait pas.

— Mon ami, — dit-elle à son mari en présentant le jeune homme, — M. Maurice Vasseur, un intime ami du vicomte Guy d'Arfeuilles que vous connaissez...

Maurice salua gravement, puis d'un coup d'œil rapide il étudia la physionomie du maître de la maison.

— Très enchanté, monsieur, et très honoré de faire votre connaissance... — murmura celui-ci, qui répétait à chaque arrivant cette phrase banale à laquelle Maurice fit cette réponse non moins banale :

— Tout l'honneur et tout le plaisir sont pour moi, monsieur...

Un nouvel échange de saluts eut lieu, puis Valentine dit à Maurice :

— Donnez-moi le bras, monsieur Vasseur, je vais vous présenter à ma fille...

— J'allais vous le demander, madame...

Valentine passa son bras sous celui du jeune homme et ils s'éloignèrent en causant.

— Comme vous venez tard ! — fit madame Bressolles à demi-voix. — Je commençais à être inquiète de votre retard...

— Et j'en étais, moi, désolé, vous n'en doutez pas ! — Au moment où je m'apprêtais à partir j'ai été retenu par une visite...

— Visite de femme, j'en suis sûre...

— Vous vous trompez absolument... — Le rédacteur en chef d'un grand journal venait solliciter ma collaboration...

— Est-ce bien vrai ?

— Je vous en donne ma parole !...

— Dois-je y croire ?

— Vous le devez et, si vous doutiez de moi, ce serait mal, car je vous adore !

Ludovic Bressolles suivait des yeux Maurice s'é-
loignant au bras de Valentine et il pensait :

— Voilà une figure qui ne me revient guère. —
Pourquoi? — Je n'en sais rien... — Ce monsieur
Vasseur est un beau garçon et paraît bien élevé...
— Pourtant il me déplaît... — On n'est pas
maître de ses antipathies...

XXXII

Sur le passage de madame Bressolles et de son cavalier les femmes qui connaissaient bien Valentine se disaient de bouche à oreille :

— Voilà le favori d'aujourd'hui...

La maîtresse de la maison et Maurice arrivèrent dans le salon où se trouvait Marie.

Celle-ci, voyant sa mère, vint à elle.

— Tu me cherches ? — lui demanda-t-elle.

— Oui, mon enfant.

— Tu as quelque chose à me dire ?

— J'ai à te faire faire connaissance avec M. Maurice Vasseur, que je viens de présenter à ton père et que tu verras souvent ici, car il m'a promis de

devenir un familier de notre maison et de ne manquer à aucune de nos fêtes...

Marie s'inclina gracieusement, se releva sou-
riante et demanda :

— Valsez-vous, monsieur?...

— Oui, mademoiselle...

— Alors je vous inscris pour une valse sur mon
carnet... — La onzième... — Quand votre tour
arrivera je vous préviendrai.

— J'en serai très reconnaissant, mademoiselle,
et très heureux...

Valentine avait froncé le sourcil. — Un nuage
s'étendait sur son front, radieux jusqu'à ce moment.

— Va, mon enfant... — dit-elle avec un sourire
forcé, — j'ai à présenter M. Maurice à plusieurs de
nos amis.

Marie s'inclina de nouveau gracieusement et rejoignit le groupe où elle causait au moment de
l'arrivée de sa mère.

Celle-ci entraîna Maurice dans l'un des petits
salons occupés par des joueurs de whist, gens sérieux qui concentraient sur leurs cartes toute leur
attention et là, le faisant asseoir auprès d'elle, et
se penchant vers lui, elle lui dit :

— Je suppose que vous ne songez point du tout à tenir la promesse faite à ma fille?

— Quelle promesse? — demanda le jeune homme en riant. — Celle de valser?

— Précisément...

— Et pourquoi ne la tiendrais-je pas?...

— Parce que vous êtes ici pour moi, et que je prétends, cette nuit, ne vous partager avec personne.

— Seriez-vous jalouse de mademoiselle Marie?...

— Jalouse de cette petite sotte!... — répliqua Valentine dédaigneusement. — Ah! non, par exemple! — Elle est bien trop insignifiante pour attirer l'attention de qui que ce soit, et je suis loin de partager l'absurde admiration qu'elle inspire à son père.

Le ton dont ces paroles furent prononcées fit dresser l'oreille à Maurice.

— Vous ne paraissez pas, — dit-il, — éprouver une tendresse bien vive pour mademoiselle Marie.

— Je n'en éprouve même aucune... — Ici tout est subordonné à sa volonté... — Elle gouverne son père et je compte à peine... Je devrais être seule maîtresse de la maison et reine de l'intérieur... Je ne suis rien... Mon mari me sacrifie à ma fille... et s'il s'est décidé à recevoir, à donner des fêtes, ce n'est point parce que je l'ai désiré, mais parce que Marie l'a voulu... — Pourquoi l'aimerais-je, cette enfant, qui s'empare de mon autorité légitime, qui règne à ma place, qui m'efface, qui me vieillit?...

— Il est certain qu'elle ne vous rajeunit point!... — interrompit Maurice avec une brutalité voulue. — Belle comme vous l'êtes, si vous n'aviez votre fille à côté de vous, on vous donnerait trente ans à peine.

L'attaque était directe et violente; — le coup porta; — madame Bressolles devint pâle et ses lèvres blanchirent.

— Auprès de Marie je semble vieille, n'est-ce pas? — balbutia-t-elle d'une voix un peu tremblante.

— Non, certes! mais vous semblez moins jeune.

— J'ai eu tort de vous inviter à venir ici, — reprit Valentine. — J'ai eu tort de vous montrer ma fille... — Elle est née pour mon malheur, cette enfant maudite! — Je ne serai heureuse que le jour où elle sortira d'ici... — Vous l'avez vue... vous ne m'aimerez plus...

— Vous savez bien que c'est impossible! — répondit Maurice d'un ton passionné.

— Est-ce vrai, cela ?

— N'en doutez pas ! ! Je vous aime !... Je t'aime comme un fou !...

— Et moi, je t'adore...— murmura Valentine en approchant ses lèvres de l'oreille du jeune homme.

— Voilà une mère qui, si sa fille est un jour en danger, ne la défendra guère... — pensa ce dernier.

Le salon de jeu dans lequel venait d'avoir lieu le court entretien qui précède n'avait que deux issues, l'une ouverte sur le précédent salon, l'autre donnant accès dans une petite pièce aménagée en cabinet de toilette pour les soirées données par M. Bressolles.

C'est là que Valentine se réservait d'amener celles de ses amies qui voudraient rectifier un détail de toilette, rattacher un bijou, redresser une fleur, ou rafraîchir par un nuage de veloutine des joues échauffées par la valse.

Cette petite pièce avait pour dégagement un couloir donnant sur un escalier de service.

Maurice, qui était entré dans l'hôtel de la rue de Verneuil avec des idées arrêtées d'avance et un plan ébauché, voyait tout, se rendait compte de tout.

— Qu'est-ce que ce charmant boudoir ? — demanda - t - il en soulevant une portière d'étoffe épaisse et en entrant dans le cabinet de toilette parfumé et coquet, où de hautes glaces permettaient de se voir de la tête aux pieds et où, sur le marbre blanc d'une large table, s'étalait tout l'arsenal de la coquetterie la plus transcendante.

Valentine lui expliqua ce que nous venons d'expliquer nous-même.

Le jeune homme s'assura que la porte communiquant avec le salon de jeu était munie d'un verrou intérieur.

— Tout cela est parfaitement confortable et admirablement installé... — dit-il ensuite. — On voit qu'une femme d'un goût exquis, et bien au fait des raffinements de la haute vie, a présidé à ces aménagements intérieurs...

Valentine paya cette flatterie par un baiser.

— Ne restons pas ici, mon ami... — fit-elle ensuite ; — il est au moins inutile qu'on remarque notre absence et qu'on la commente!... — Le monde est si méchant!... — On serait capable d'affirmer que je suis folle de toi!... — ajouta-t-elle en riant.

— Et ce serait de la calomnie? — demanda Maurice du même ton.

— Hélas! non... — ce ne serait que de la médisance...

Ils rentrèrent dans les salons.

Maurice y rencontra Guy d'Arfeuilles auquel il serra la main.

Au bras du vicomte s'accrochait le petit baron Pascal de Landilly, toussant à rendre l'âme, et déclarant que cette toux opiniâtre provenait d'une surabondance de vitalité.

— Pour me guérir, — ajoutait-il, — pour me radicalement guérir, il suffira de quelques excès...

De nouveaux venus faisaient leur entrée.

Valentine dut aller à leur rencontre.

— Ah! çà, cher, vous connaissiez donc la belle madame Bressolles? — fit le vicomte d'Arfeuilles.

— Sans doute... répondit Maurice avec aplomb.

— Depuis longtemps?

— Depuis plus d'un an.

— Peste, mon cher, vous êtes discret!!...

— Discret?... à quel propos?

— A ce propos qu'il a fallu vous rencontrer ici pour savoir que vous étiez du dernier bien avec cette jolie femme qui s'appuyait sur votre bras d'un air si langoureux.

Maurice appela sur ses lèvres un sourire qui en disait long et répliqua :

— N'a-t-elle pas une fille à marier ?

— Fille très chic, et dot obéliscale, ce qui constitue un ensemble d'un fort relief... — murmura Pascal de Landilly.

Guy d'Arfeuilles frappa sur l'épaule de Maurice.

— Vous êtes un malin, vous ! — dit-il en riant, — courtiser la mère pour avoir la fille, ça n'est pas très neuf, mais ça réussit presque toujours... Mes compliments...

— Je ne les mérite point, mais je les accepte tout de même... — répondit le jeune homme, en donnant à sa voix une intonation comique.

Le temps passait.

La soirée était fort avancée déjà.

Marie se trouvait sur des charbons ardents.

La gaieté factice avec laquelle nous l'avons vue répondre à Maurice au sujet de la valse ne se soutenait plus.

L'enfant avait peine à dissimuler son inquiétude, son chagrin, et la cause de ce chagrin, — nos lecteurs la devinent : — c'est qu'Albert de Gibray n'avai' »int paru.

Elle allait, venait, distraite, préoccupée, les yeux tournés sans cesse vers la porte par laquelle arrivaient les invités.

Et, comme sœur Anne, elle ne voyait point venir celui qu'elle attendait avec une si vive impatience.

Valentine et sa fille, Maurice Vasseur et Ludovic Bressolles, se trouvaient tous les quatre dans le grand salon, mais séparés les uns des autres.

Le domestique faisant fonction d'huissier annonça coup sur coup :

— Monsieur Gabriel Servet...

» Monsieur Paul de Gibray...

» Monsieur Albert de Gibray...

En entendant prononcer ces deux derniers noms, trois personnes tressaillirent.

Marie avec une joie sans mélanges.

Maurice avec un étonnement mêlé de crainte.

Valentine avec épouvante.

La joie de Marie n'a pas besoin d'être expliquée.

Le fils d'Aimée Joubert frissonnait en voyant si près de lui le magistrat chargé d'instruire l'affaire du double crime commis au Père-Lachaise et rue Montorgueil.

Cet homme tenait en ses mains la destinée du meurtrier, et ce meurtrier, c'était lui, Maurice !

Quant à l'épouvante de Valentine, nous allons en apprendre, ou plutôt en rappeler la cause à nos lecteurs.

FIN DU TROISIÈME VOLUME

F. Aureau. — Imprimerie de Lagny.

LIBRAIRIE DE E. DENTU, ÉDITEUR, PALAIS-ROYAL

—∽—

ROMANS DE XAVIER DE MONTÉPIN

Collection grand in-18 jésus à 3 francs le volume

LA SORCIÈRE ROUGE. 4e édition . . . . 3 vol.
LE VENTRILOQUE. 4e édition. . . . . 3 vol.
LE SECRET DE LA COMTESSE. 5e édition. . . . . 2 vol.
LA MAITRESSE DU MARI. 5e édition. . . . . 1 vol.
UNE PASSION. 4e édition. . . . . 1 vol.
LE MARI DE MARGUERITE. 13e édition. . . . . . . 3 vol.
LES TRAGÉDIES DE PARIS. 7e édition. . . . . . . 4 vol.
LA VICOMTESSE GERMAINE (suite des *Tragédies de Paris*)
   7e édition . . . . 3 vol.
LE BIGAME. 6e édition. . . . . 2 vol.
LA BATARDE. 3e édition. . . . . 2 vol.
UNE DÉBUTANTE. 3e édition. . . . . 1 vol.
DEUX AMIES DE SAINT-DENIS. 3e édition. . . . . 1 vol.
SA MAJESTÉ L'ARGENT. 5e édition. . . . . 5 vol.
LES MARIS DE VALENTINE. 3e édition. . . . . . . 2 vol.
LA VEUVE DU CAISSIER. 3e édition. . . . . 2 vol.
LA MARQUISE CASTELLA. 3e édition. . . . . 2 vol.
UNE DAME DE PIQUE. 3e édition. . . . . 2 vol.
LE MÉDECIN DES FOLLES. 4e édition . . . . 5 vol.
LE PARC AUX BICHES, 3e édition. . . . . 2 vol.
LE CHALET DES LILAS, 3e édition. . . . . 2 vol.
LES FILLES DE BRONZE, 3e édition . . . . 5 vol
LE FIACRE N° 13, 4e édition. . . . . 4 vol.
JEAN-JEUDI, 3e édition. . . . . 2 vol.
LA BALADINE, 2e édition. . . . . 2 vol.
LES AMOURS D'OLIVIER, 2e édition . . . . 2 vol.
SON ALTESSE L'AMOUR, 3e édition. . . . . 6 vol.
LA MAITRESSE MASQUÉE, 3e édition . . . . 2 vol.
LA FILLE DE MARGUERITE 3e édition . . . . . . 6 vol.
MADAME DE TRÈVES, 3e édition. . . . . 2 vol.
LES PANTINS DE MADAME LE DIABLE, 3e édit. 2 vois
LA MAISON DES MYSTÈRES. 2e édition . . . . . . 2 vol.
UN DRAME A LA SALPÊTRIÈRE, 2e édition. . . . 2 vol.
SIMONE & MARIE (1re partie). **La nuit sanglante,**
   2e édition . . . . 2 vol.

Paris. — Imp. de l'*Étoile*, Beurel, directeur, rue Cassette, 1.